CB140321

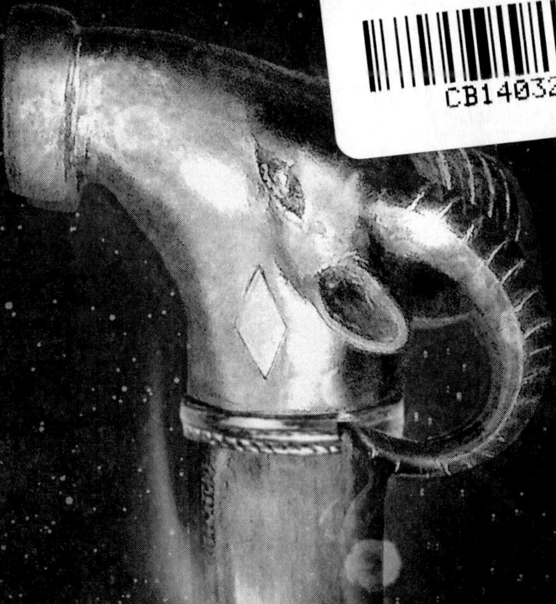

O MARTELO *de* LABUT

FRANCISCO NOGUEIRA

Gerente editorial
Roger Conovalov

Revisão
Mitiyo S. Murayama

Projeto Gráfico
Lura Editorial

Diagramação
Juliana Blanco

Capa
Lura Editorial

Todos os direitos desta edição
são reservados a Francisco Nogueira.

Lura Editorial – 2020
Rua Manoel Coelho, 500. Sala 710
São Caetano do Sul, SP – CEP 09510-111
Tel: (11) 4318-4605
Site: www.luraeditorial.com.br

Todos os direitos reservados. Impresso no Brasil.
Nenhuma parte deste livro pode ser utilizada, reproduzida
ou armazenada em qualquer forma ou meio, seja mecânico
ou eletrônico, fotocópia, gravação etc., sem
a permissão por escrito do autor.

Catalogação na Fonte do Departamento Nacional do Livro
(Fundação Biblioteca Nacional, Brasil)

Nogueira, Francisco

O martelo de Labut / Francisco Nogueira - Lura Editorial.
São Paulo - 2020.
108p.

ISBN: 978-65-86626-29-2

1. Ficção Título.

CDD: B869.3

www. luraeditorial. com. br

FRANCISCO NOGUEIRA

O MARTELO *de* LABUT

lura

Este livro é dedicado à minha família: À minha dedicada esposa e mãe protetora, Aparecida, à minha doce e amável filha, Stella, e ao meu dedicado e responsável filho, Ismael. Aos meus queridos irmãos e irmãs, que me apoiam sempre.

NOTA DO AUTOR

Nesta obra não tenho intenção de formar doutrina, por isto optei pelo gênero ficcional. Minha intenção é despertar os temas por meio de uma linguagem sem tanta roupagem religiosa e com uma construção que transmita o evangelho sem as terminologias tradicionais da teologia. Embora não seja dito tudo pelo que está escrito, nem escrito tudo que se intencionou dizer, creio que os sentidos perceberão o que é o ambiente em que se encontram envolvidos e todos os elementos contidos nele.

O importante é extrair o significado do que é o viver agora, a graça como favor inefável e única regra do ser livre para pensar, dizer e fazer escolhas do bem e da vida. Assim, o que digo aqui, digo, e aqui fica dito. Para quem fizer a leitura além da própria leitura em si, terá lido o que foi dito para além do que foi escrito com tinta no papel.

Francisco Nogueira dos Santos

SUMÁRIO

MERGULHADO NUM PORTAL DE ÁGUA AMARELA

De repente, um estampido que o ensurdeceu de forma instantânea. Em seguida, veio uma luz ampla que foi se afunilando, acompanhada de um zumbido agudo e um calor forte na nuca, enquanto o corpo era tomado por um gelo anestesiante e repentino. Quando aquela luz finamente apagou, o zumbido deu lugar a um som confuso de muitas vozes torcidas, semelhantes à água caindo nas pedras de uma cachoeira. Em meio **às** vozes confusas ouviu, como vindo de longe, alguém que o chamava. Então, enquanto um clarão surgia por trás de uma cortina de água amarela, sentiu seu corpo ser erguido.

A voz ia ficando mais audível atrás da cortina, que tremulava na cor âmbar. Com muito esforço aproximou o rosto na tentativa de transpor o véu amarelo e contemplar quem o chamava. O corpo inclinou para frente e ele se viu do outro lado do portal. Procurou sentir o próprio corpo, mas não foi possível. As vozes foram ficando mais distantes e tudo foi silenciando até chegar a um total silêncio. Então viu a luz se fragmentar em milhares de pontinhos luminosos. Foi a**í** que ficou inconsciente.

Após cinco horas de cirurgia, dois dias em coma e quatro semanas em observação, finalmente recebeu a avaliação médica autorizando sua alta. Ele não lembrava muitas coisas do passado; apenas reconhecia as visitas e sabia os nomes dos médicos e enfermeiras que haviam cuidado dele. Todo sentimento e as sensações do momento eram de gratidão aos que o cercavam, e, em especial, o carinho da esposa — que não soltava sua mão — enquanto olhava para o médico e ouvia atentamente as instruções quanto aos medicamentos e os horários de tomar cada dose específica.

Havendo assinado o prontuário, despediram-se do médico e pegaram o elevador para o térreo, seguindo para o estacionamento. Assim, retornava ao seu lar. O que via durante a viagem para casa lhe dava a sensação de estar revendo fotografias antigas, só que no futuro (ou no passado?). Pensava em comentar, mas sentia que não saberia explicar com palavras aquelas formas que seu cérebro estava usando para processar o ambiente à sua volta. Ao chegar à sua rua, tudo ficava mais pessoal, mais íntimo. Mas era estranho avistar sua casa e se sentir deslocado no tempo. Sua garagem, os móveis e até o modo que as coisas estavam nos armários e os livros na estante —— parecia que algo havia se movido para dentro do espaço do outro — sem que se pudesse determinar o sentido certo, se para o futuro ou passado.

No conforto do seu lar, meditava sobre o que estava acontecendo. As interrogações só aumentavam ao tentar entender aquele fenômeno a partir de um raciocínio lógico. Passaram-se alguns dias até que resolveu pegar um livro da estante e começar a folhear suas páginas, enquanto os olhos corriam pelos temas e capítulos, como se por hábito soubesse o que buscava. Parou sobre um tema e começou a ler em um ritmo diferente do habitual. O cérebro não lia uma palavra por vez, trazia grupos de palavras e frases como que sorvendo as informações contidas nelas; foi então que se deu conta do que deveria fazer para recobrar sua memória. Prosseguiu lendo os autores e temas relacionados à sua formação. Isso ele repetiu por vários dias.

Sua consciência ia se apaziguando à medida que evoluía na leitura, e, a cada informação que recebia, a memória ia voltando. Finalmente sentia que estava de volta ao seu mundo. Embora não se sentisse o mesmo, pois continuava vendo as coisas de forma bem estranha; com a consciência de haver mergulhado num portal para outra dimensão. Entendeu que voltara com algumas habilidades fantásticas, sobre as quais ainda não tinha domínio. Sentia apenas a ação fluir, mas não tinha a causa do fenômeno em si.

Pelas autoavaliações da sintomatologia, sua PPST (Perturbação Pós-Stress Traumático) não havia desaparecido e continuava tendo aquelas sensações de *déjà vu* — os flashbacks — os pesadelos e sonhos perturbadores recorrentes persistiam. Mas isso era algo com que já estava aprendendo a lidar. Na sua última autoabordagem EMDR — (*Eye Movement Desensitization and Reprocessing* — ou Dessensibilização e Reprocessamento por Movimentos Oculares) —, descobriu esta habilidade de se reorganizar mesmo com estes sintomas clinicamente conflitantes.

Depois deste período de reestruturação mental e organização da memória, os pensamentos fluíam de forma incomum, trazendo consciência das responsabilidades e deveres que a vida impõe a todos. Percebeu que tinha documentos a serem organizados e logo começou colocá-los em ordem; quando separava alguns papéis para o lixo, a campainha tocou. Puxou a cortina, afastando-a um pouco, olhou lá fora e avistou um carro com a logomarca da empresa. Deixando ali os papéis, foi atendê-lo.

OSCAR DEZ

Ao abrir o portão, cumprimentou o moço bem-vestido que segurava uma pasta, a qual foi logo abrindo enquanto se identificava.

— Sou Oscar Dez, trabalho no escritório da empresa. Preciso que assine estes documentos para que eu possa encaminhar o processo de sua aposentadoria. O senhor deverá comparecer ao escritório para assinar outros documentos, mas em dois dias a empresa ligará avisando. Qualquer dúvida é só ligar neste número do escritório. Ah, tem esta caixa que o pessoal do almoxarifado pediu para lhe entregar.

Recebendo a caixa, agradeceu pela gentileza de vir à sua casa com os papéis e pela encomenda que trouxera. Despediram-se e logo tornou a separar os papéis que iria jogar fora. Havendo organizado tudo, foi conferir o conteúdo da caixa. Ao abrir, uma surpresa. Aquela pequena caixa continha vários martelos usados e sem os cabos. Parou e olhou por um tempo — intrigado com aquela cena —, e somente a fechou e colocou na prateleira; conferiu o relógio e viu que era hora de encerrar o dia.

Naquela noite os sonhos e pesadelos voltaram de maneira intensa, e com visões realísticas, inéditas até então. Ele via os martelos saírem da caixa e virem consultá-lo um a um, como pacientes no seu consultório. Ele não hesitava em atendê-los, mesmo sabendo que eram martelos. Cada um contava sua história com suas aspirações, sonhos, conquistas e frustrações. Todos carregavam memórias de felicidades e também traumas a serem tratados. A maioria dizia respeito a casos de traumas pequenos, causados por memórias intrusivas do ambiente sociorreligioso. Outros eram casos patológicos que invocavam maior análise de suas sintomatologias. Viajando naquele ambiente abstrato em que os elementos se fundiam, o real e o irreal se abraçavam numa dança de alegorias e parábolas. Ele sentia toda uma sinergia transcendendo as percepções dos seus sentidos. Não compreendia ainda o que teria provocado aquelas reações que lhe permitiam poderes e habilidades tão profundas. Seu corpo sentiu os efeitos das descargas emocionais e de súbito ele acordou com a esposa chamando-o para o café da manhã.

ENCONTRANDO LABUT

Aproveitando aquela manhã de sol, saiu para uma breve caminhada. Como de costume, ao voltar, sentou-se para tomar um pouco de sol na praça próximo à sua casa. No parquinho, havia apenas um casal com duas crianças; enquanto se aquecia, os pensamentos voltaram às visões e sonhos que tivera, e lhe veio à cabeça a ideia de procurar Oscar Dez e indagar sobre a origem da caixa com os martelos.

Distraído com seus questionamentos, só percebeu quando um senhor parou ao seu lado e falou:

— Posso sentar com você?

— Sim, pode sim.

Aquele senhor de cabelos meio longos e brancos, barba bem-cuidada e rosto um pouco longo, estendeu a mão e disse:

— Eu sou Labut V de Éfaj.

— Eu sou José Madeira — respondeu. — Mas pode me chamar de JM.

Enquanto o Sr. Labut se acomodava no banco, José observou que ele portava um objeto semelhante a um pedaço de tubo embrulhado em uma folha de jornal. Enquanto José registrava estas observações, percebeu que o casal com as crianças estava saindo do parquinho e a praça era tomada pelo silêncio. Perguntou, então, ao Sr. Labut:

— Vens sempre aqui?

— Não. Só quando precisar. — José Madeira fingiu ter entendido a resposta ambígua e ficou calado. O Sr. Labut passou a mão na barba e disse:

— Estou vindo esta hora da loja de madeiras.

Então foi fazer compras cedo, seu Labut?

— Não. Fui só pegar esta encomenda que fiz ao fornecedor, há umas três semanas, e ele ligou informando que iria retornar cedo e que eu deveria ir buscar. Acho que quase madruguei. Essa madeira só é vendida em certa quantidade, e o rapaz me presenteou com este pedaço, cortado quase no tamanho certo. Vou ter pouco trabalho.

JM perguntou ao velho Labut o que ia fazer com aquela madeira tão especial, e que madeira era aquela. O homem explicou que a madeira era maracatiara de boa qualidade, e que era para fazer o cabo de um martelo. Curioso, JM perguntou:

— É um martelo muito especial, então?

— É, sim. Herdei esse martelo dos meus antepassados. Há muito tempo que está sem o cabo, agora chegou o tempo de se colocar o cabo. O tempo se aproxima, o tempo se aproxima.

JM ouvia aquelas palavras e sentia algo diferente. Olhando para o velho Labut, abriu um meio sorriso e disse:

— Falando em tempo, tenho que ir.

— Foi um prazer; amanhã estarei por aqui. Se aparecer, quero que me conte como foi seu trabalho.

— O prazer foi meu. Amanhã, se precisar. — Apertaram as mãos e se despediram.

NATANAEL JAMANTA

José Madeira ficou intrigado com aquele personagem que se aproximou sem ser notado. O modo como repetia algumas palavras, que indicavam códigos de um presságio, e a maneira que falava de um martelo especial... parecia muito evidente que não havia coincidências em tudo aquilo. JM sentia que aquele nome era estranho e familiar ao mesmo tempo, e tentava entender o porquê das sensações que sentia. Sabia que tudo estava interligado, incluindo os martelos da caixa que Oscar Dez lhe entregou.

Quando já era noite, pegou a caixa, e sobre a mesa foi colocando os martelos, um a um, em grupos de três. JM se pôs a examinar cada martelo e sentiu como se olhasse um eletroencefalograma. Só que ele podia ver o perfil de quem usou o martelo. Assustado com aquelas habilidades, ele não continuou com o exame, e pensou em buscar mais informações sobre aquele fenômeno. O sono dava o sinal de que era hora de descansar, e lembrou-se de que deveria acordar cedo no dia seguinte. Assim, recolheu-se em seu quarto e foi dormir.

De fato levantou-se cedo. Eram oito da manhã e JM já estava descansando de sua caminhada matutina enquanto via o jornal na TV. O telefone tocou. Era do escritório, Oscar Dez informando que os papéis estavam prontos, avisando para que fosse assiná-los. JM confirmou que chegaria logo, em quinze minutos. Ao chegar no escritório, todos o cumprimentaram e o felicitaram pela recuperação. Ele agradeceu a todos, e pediu para

Oscar Dez o acompanhar ao almoxarifado, pois queria informações sobre a caixa que lhe enviaram. Oscar Dez alegou estar ocupado, mas disse que era só procurar por Natanael Jamanta. Assim, agradeceu a Oscar e seguiu para o almoxarifado.

JM chegou no almoxarifado e cumprimentou o funcionário no balcão, informando-o de que gostaria de falar com Natanael Jamanta. O moço pediu que aguardasse um instante, que já seria atendido. JM se sentou e ficou aguardando na recepção. Em poucos minutos ergueu os olhos e avistou um senhor moreno, não muito alto, corpulento e de presença distinta. Ao se aproximar, abriu um sorriso e já foi exclamando:

— Dr. José, meu amigo! Que prazer revê-lo. O que o trouxe aqui, e em que posso ajudá-lo?

— Vim lhe convidar para tomar um café em minha casa e conversar um pouco, pois tenho algumas perguntas a lhe fazer sobre os martelos.

— Sim, será um prazer. Mas pode perguntar agora, o que quiser.

— Não, agora você está no expediente de trabalho. Pode ser à noite?

— Sim, à noite, então.

— Ficarei no aguardo. — JM logo agradeceu e voltou pensativo para sua casa.

AS MEMÓRIAS

JM aproveitou o fim de tarde para ir ao cabeleireiro e fazer uma visita a uma livraria conhecida. Era quase que um hábito ir lá em busca de novos lançamentos. Depois de ler algumas sinopses, ele se deu conta de que o tempo havia passado e já era quase noite. Saiu apressado rumo à padaria e depois foi para casa esperar por Natanael. Estava ajudando a arrumar a mesa quando ele chegou. JM saiu para recebê-lo e, enquanto entravam, pôs a mão no ombro de Natanael e falou:

— Vamos direto à mesa, que o café está pronto.

— Olha, Dr. JM, você continua o mesmo; acho que não esqueceu nada.

— Esqueci muitas coisas, meu amigo, por isto lhe chamei aqui. Sei que o Oscar Dez é novo na Engenharia Universo, mas você não.

— Doutor, se tiver algo que deseja lembrar e não consegue, pode perguntar.

— Pois bem, então vamos começar por você. Eu preciso saber quem é você e como nos conhecemos. Natanael ficou parado por um momento ao ouvi-lo, e respondeu com outra pergunta:

— Madeira, Madeira, você não lembra nem um pouquinho?! — Naquele momento, JM deu um grito que assustou a Celeste, sua esposa, que via TV na outra sala. Aquelas palavras foram como um gatilho que disparou a memória de JM. Sua esposa correu assustada perguntando o que havia acontecido, e ele repetia, sorrindo:

— Meu bem, é meu amigo Natanael Jamanta! — E ela, sem entender bem o que aconteceu, apenas confirmava:

— Sim, é seu amigo.

Depois de alguns minutos todos se acalmaram e JM ia ouvindo Natanael e aos poucos lembrando alguns detalhes sobre a empresa e os acontecimentos anteriores ao acidente.

Ainda emocionado com aquelas memórias voltando como algo inédito, JM queria falar sobre os martelos que Natanael lhe enviara. Natanael queria contar como tudo aconteceu no dia do acidente, mas JM pediu que contasse em detalhes tudo que sabia sobre os martelos. Então, Natanael pegou uma pasta, tirou uns documentos, e disse:

— Está aqui, meu amigo. São todos seus.

— Sim, lembro que lhe dei umas anotações, mas quero que fale, conte os detalhes desde o começo, entende?

— Ah, tá. Então vamos lá: a empresa transferiu seu consultório para o setor da obra, alegando que você estaria mais presente e atenderia os funcionários nos intervalos, sem que estes interrompessem suas jornadas de trabalho. Foi aí que nos conhecemos.

JM lembrou-se do dia que mudou para o consultório no setor da obra, e da festa que os funcionários organizaram. Natanael continuou narrando os fatos.

— Você criou um calendário de incentivo. Nas segundas e sextas tinha palestra de manhã cedo.

— Ah, meu amigo, verdade! Agora me recordo.

— Depois você começou a visitar os setores, um a cada dia da semana. No dia em que você nos visitou, eu fiz uma brincadeira e você gostou muito, falou que eu tinha lhe dado uma grande ideia. Desde então, ficamos amigos.

— Me fale da brincadeira, como foi?

— Ora, quando você chegou, eu estava despachando uns martelos requisitados e dando baixa em outros. Aí você chegou e eu disse que peão era igual martelo, cabeça-dura; e veja que nem sou psicólogo. Mas conheço o peão pelo desgaste do martelo. Uns demoram a quebrar o cabo; outros nunca quebram; e outros quebram tão rápido que deixam poucas marcas de uso. Aí você falou que isso era incrível, e me perguntou se eu poderia identificar os funcionários que usaram aqueles martelos. Respondi que sim, estavam ali os fichários com os cadastros. Você pediu um requerimento para os martelos e os cadastros dos usuários. Fiz como você pediu e enviei para seu consultório.

Naquele momento, JM estava se sentindo desconfortável e se levantou, dizendo que precisava tomar água.

Quando voltou, pediu que Natanael continuasse.

— Pois, bem. Enviei os martelos e você os transformou em objetos de pesquisa. Lembro-me de que você sempre falava, nas palestras, que pessoas eram martelos, não pregos.

JM agradeceu a Natanael por ter contado estas coisas e pediu que falasse do dia do acidente, e sobre o que acontecera. Natanael falou que não tinha certeza se aquele seria o momento e o local certos, mas que em outra ocasião contaria tudo. JM concordou em voltar à empresa para ouvir sobre o acidente. Natanael se levantou, agradeceu o café e se despediu do casal.

O LIVRO DE MUITOS LIVROS - UMA VIAGEM NOS SONHOS

Depois que Natanael saiu, JM foi para a cama, mas sua mente viajava nos detalhes que sua memória havia recobrado. Tentava juntar os fatos que lembrava, mas sempre tinha algo fora do lugar. Não entendia como sua mente podia absorver tantas informações em tão pouco tempo de leitura e não lembrava detalhes do seu acidente. Em três semanas ele leu tudo de mais importante, da história, antropologia, filosofia e psicanálise. Nos sonhos, viajava. Acordado, sentia o sabor das notas musicais e a cor do nome das pessoas — cada nome tinha uma cor diferente —, e olhando um martelo, fez a leitura de quem o usou. Pensando nestas habilidades, lembrou-se de Labut e seu martelo. Como seria analisá-lo, perguntou a si mesmo. O sono não chegava. Então, levantou-se e foi procurar respostas no livro de muitos livros.

Abriu no livro das origens e foi lendo e anotando os pontos que chamavam a atenção. Tudo era muito real e diferente da última vez que havia lido. Agora, ele podia ler além dos caracteres. A energia da narrativa transmitia junto aos fatos narrados em cada cena, todo o universo de situações que aquele ambiente continha no seu espaço e tempo. Envolvido na leitura e anotações, mergulhou numa viagem atemporal. Vislumbrando cenas, paisagens, criaturas que seus olhos jamais haviam contemplado. Ali, sem noção de onde estava, escutou um barulho distante, como algo caindo. Assustado, acordou com o rosto em cima do livro, e o barulho que ouvira era o vizinho que, abrindo o portão, saía para o trabalho. Na mesa estavam vários papéis com anotações e referências de diversos livros. Ainda sonolento, foi ao toalete lavar o rosto e em seguida preparar um café. Minutos depois, JM tomava café com sua esposa e fazia algumas observações sobre os avanços que obteve conversando com Natanael, e lembrou que o retorno estava marcado para avaliação médica no período da tarde.

O REENCONTRO COM LABUT

Havendo tomado o café, não saiu para caminhar, foi apenas pegar um pouco de sol na praça. Estava sentado quando ouviu alguém chamando:

— JM, meu amigo! Está viajando nos pensamentos? — Ele olhou, era Labut.

— Meu amigo, sente-se aqui! Eu estava viajando mesmo. Você, como está?

— Estou bem, obrigado.

— Conte as novidades, como vai seu trabalho, já terminou?

— Não tenho novidades.

— Como assim, não fez o cabo do martelo? Você parecia empolgado.

— Ah, o cabo do martelo está pronto, bem envernizado, ficou bom; mostro quando tiver pronto.

— Labut, você é engraçado até no nome — disse JM. — Primeiro você diz que não tem novidade, depois, diz que ficou bom e mostra quando estiver pronto. — Os dois começaram rir.

— Na verdade, não fui claro, mas vou detalhar melhor: — esse martelo é muito antigo e especial. Tem uma fenda lateral onde se coloca a cunha que fixa o cabo com eficiência. É diferente dos atuais.

— Por que não fez a cunha?

— Preciso do material para fazer igual à original.

— Você pode dizer qual material? Adquiro para você.

— Agradeço sua cortesia, amigo JM. O material é bronze.

— Bronze?! Tenho uma plaqueta que usei como peso para papel, você pode fazer a cunha com ela; será uma honra contribuir com esse trabalho tão especial.

— Fico feliz e agradecido, — vejo em você o princípio da recompensa: "Se deres um copo d'agua, terás recompensa; se receberes um profeta, como profeta, serás recompensado.".

Ouvindo essas palavras, JM não tinha receio de dirigir qualquer pergunta ao velho Labut, pois reconhecia nele um caráter justo e uma alma sábia, que transmitia paz só de estar perto. Sem entender a razão do que sentia, nem o porquê da sensação de segurança, teve ousadia de perguntar algo mais pessoal:

— Percebo que conhece o livro de muitos livros. Neles os homens procuram uma visão central, que defina uma mensagem objetiva. Qual seria essa mensagem?

O velho mudou o semblante, irradiando felicidade, e lhe respondeu com muita calma:

— A mensagem é uma, e a visão também é uma. Porém, a linguagem que expõe a mensagem é composta de muitos elementos simbólicos. O meu martelo é apenas um dos elementos.

A curiosidade de JM sobre o mistério que envolvia o martelo do velho Labut aumentou ainda mais. Era a primeira vez que ouvia algo ligando o martelo diretamente com a mensagem do livro de muitos livros, e então dirigiu-lhe outra pergunta:

— Já estudei os temas, figuras, tipos e antítipos, mas não lembro de o martelo ser incluído na relação dos elementos. Como você explica essa ligação?

Labut respondeu:

— Nem tudo que é dito está escrito; e nem tudo que está escrito, está dito. Antes que um sábio construtor comece uma obra, providencia o martelo; pois sem martelo não haverá construção. Antes que se manifeste o verbo, não se ouve o som da voz, mas ele já existia sem que se pronunciasse.

JM ouviu aquela resposta e se deu por satisfeito, sabia que teria outra ocasião para tirar suas dúvidas.

Levantaram-se e foram até a casa de JM, pois este entregaria a plaqueta de bronze para Labut fazer a cunha. Ao chegarem, JM o convidou para entrar, mas Labut agradeceu e aguardou-o no portão. Então, JM buscou a plaqueta, entregou-a e pediu que conferisse se o tamanho serviria. Labut confirmou que sim e, agradecendo, despediu-se. Logo que JM entrou em casa, sua esposa informou que ligaram do hospital, confirmando seu retorno para avaliação, marcado para as duas da tarde.

O RETORNO AO MÉDICO

Naquela tarde, JM retornou ao hospital e iniciou uma avaliação que o submeteu a diversos exames, incluindo o psicotécnico e um eletroencefalograma. Nos dias subsequentes várias avaliações foram realizadas e por fim o laudo foi concluído. Os médicos explicaram que os tecidos lesionados sofreram alterações quando se recompuseram e geraram um quadro inédito diagnosticado. Foram formados como ligações, constituindo "atalhos" por onde os neurônios percorrem. Este fenômeno gerou um aumento da percepção sensorial e acrescentou-lhes outros sentidos. Os testes de neuropsicanálise apontaram indícios de sinestesia em um grau não determinado. Apesar do fenômeno, o laudo determinou um quadro de observação por tempo indeterminado. Com este parecer da junta médica, do conselho técnico de psiquiatria e neurologia, JM assinou o prontuário e se dirigiu ao escritório da EU para entregar o laudo a Oscar Dez.

Chegando ao escritório, Oscar Dez recebeu o laudo e já o anexou aos outros documentos. JM já sabia, até aquele momento, que não voltaria ao seu trabalho e teria que pensar em outra atividade para preencher o tempo. Agradeceu a Oscar e foi ao almoxarifado falar com Natanael, que lhe havia prometido contar como acontecera o acidente.

Natanael avistou JM e foi logo lhe cumprimentar. Com toda atenção ao amigo, foi logo perguntando como ele estava e se os exames tinham dado bons resultados. JM respondeu que os resultados foram excelentes. Natanael achou aquilo maravilhoso diante da gravidade do fato ocorrido recentemente.

— Então teremos você de volta, Doutor? — disse Natanael.

JM explicou o laudo recebido e como permanecia em observação, apesar do estado de saúde ser positivo. Natanael expressou o quanto estava feliz com a recuperação do amigo e disse que julgava aquele momento adequado para falar do acidente.

Estando eles em frente ao almoxarifado, tinham uma visão do escritório, a uns cem metros. Natanael chamou a atenção de JM e, apontando na direção, começou contar o ocorrido:

— Veja a calçada que segue pelo aterro depois do escritório.

— Sim — confirmou JM.

— Pois bem, você terminou a palestra naquela manhã e seguia pela calçada rumo a seu consultório, quando tropeçou em algo ali depois do escritório. Você tentou se equilibrar, mas pisou fora da calçada e caiu de costas, junto a uma pilha de madeira, bateu a cabeça e ficou se debatendo em convulsões.

"Colocaram você numa van e levaram para o hospital. Foi tudo muito rápido. No fim do dia soubemos que havia sido operado e estava em coma induzido, mas que estava fora de risco. Foi retirada uma lasca de madeira que rompeu seu crânio e atingiu o cérebro. A perícia recolheu as imagens das câmeras do escritório e confirmou que foi uma fatalidade. Você é um milagre, amigo."

— É, amigo Natanael, a vida é um sopro. Agora me lembro das palestras e das brincadeiras que você chamava de "madeira, madeira", os colegas que repetiam a pergunta que outro já havia feito.

Natanael riu, e falou que agora sabia que o amigo estava bem mesmo, se lembrando destes detalhes. JM agradeceu pela atenção e disse que tinha que ir.

— Em outra hora tomaremos um café — disse Natanael. JM concordou e se despediu.

INVESTIGANDO O TEMA

Aproveitando o tempo disponível, JM pesquisou sobre o martelo no livro de muitos livros, e descobriu também que no mercado havia pouco material publicado sobre o tema. Tudo que encontrou se limitava a um sentido de destruição aplicado à dureza de corão. Foi aí que ele resolveu associar o tema a outras funções que não fossem apenas destruir. JM ficou surpreso com tantas finalidades a que se destina o martelo. Descobriu que foi, e é, um instrumento de muitas finalidades profissionais, e que foi usado como arma no campo de batalha. Entre os povos antigos o martelo se tornou uma ferramenta indispensável, um símbolo de poder tão forte que Deus fala pelos profetas dando testemunho deste simbolismo em diversas ocasiões.

Só depois de muitas pesquisas JM descobriu que, até então, não sabia nada sobre o universo tão rico que envolve o tema. À medida que ia descobrindo as finalidades que se dava ao martelo, ia se convencendo de que não haveria humanidade sem existir o martelo. Mas ele sabia que estava apenas começando a descobrir algumas coisas, e que ainda não tinha encontrado Labut com o seu martelo pronto, isto é, com o cabo. JM tinha certeza de que iria descobrir todo o mistério do martelo de Labut, mas isto só seria possível ouvindo com calma o próprio Labut explicando sua origem e simbolismo.

Algumas frases e palavras repetidas por Labut, ao serem relembradas, começavam a fazer sentido. JM até repetiu algumas para fixar melhor: “O tempo se aproxima, o tempo se aproxima;

nem tudo que é dito está escrito, e nem tudo que está escrito, está dito. Antes que um sábio construtor comece uma obra, providencia o martelo; pois sem martelo não haverá construção. Antes que se manifeste o verbo, não se ouve o som da voz, mas, ele já existia antes de ser pronunciado."

JM entendeu que o verbo existiu junto do pai, e só na encarnação foi manifestado. Assim, umas coisas não estavam escritas, mas estavam ditas em metáforas e alegorias. Por isso o martelo, por quem toda obra foi criada, também existe antes de toda obra. Assim também se pode apresentar primeiro uma construção, depois apresentar o construtor. "O tempo se aproxima" e o cabo do martelo deve ser o elemento que complementa o poder da sentença final. JM destrinchava algumas verdades, mas ansiava encontrar o velho Labut no dia seguinte, pois tinha muitas dúvidas a serem sanadas.

Levantou-se cedinho e foi à padaria comprar os bolinhos preferidos de sua esposa Celeste. Ao sair da padaria, Labut, que vinha pela calçada, o surpreende:

— Quero um café reforçado hoje!

JM ergueu os olhos, surpreso, e o cumprimentou feliz. Perguntou se Labut daria a honra de um café da manhã com ele, para pôr as conversas em dia. Agradecendo o convite, Labut falou que o encontraria mais tarde. JM insistiu que ele aceitasse um almoço e fosse cedo para terem mais tempo de conversa. Labut aceitou e se despediram.

Em casa, JM tomava o café com Celeste e comentava sobre as pesquisas que estava fazendo, e sobre como estava surpreso com as descobertas recentes. Falou de Labut e que o havia convidado para almoçar com eles. Celeste achou tudo muito interessante e falou que cuidaria do almoço com uma colega, e que ele não se preocupasse, pois teria tempo para conversar. Agradecido, JM foi organizar uns livros na estante enquanto aguardava Labut.

AS ORIGENS DE LABUT

A cortina estava aberta, e JM organizava as coisas na sala de leitura, quando a campainha tocou e, o encarando, avistou Labut de pé, junto ao portão. JM reparou que ele segurava uma caixa retangular, semelhante a um estojo de flauta. Saiu para recebê-lo e logo o convidou para entrar e o apresentou a sua esposa Celeste. Logo após tomar assento, Celeste lhe ofereceu café e ele, agradecendo, preferiu um pouco d'água. Sendo servido, agradeceu a água e perguntou como Jm estava e se havia novidades. JM falou do seu trabalho, do acidente que sofreu e como já havia superado tudo de forma surpreendente.

— Uma história especial, amigo. Você não acha que tudo isso tem um propósito? — perguntou Labut.

— Acredito mais no propósito que na coincidência — respondeu JM.

Labut olhou para ele e disse:

— Isto me deixa mais confortável.

— O que lhe deixa confortável? — perguntou JM.

— Você acreditar mais no propósito — respondeu Labut.

Esse era o momento de JM fazer uma pergunta ao velho Labut. Então pediu que se sentisse em casa e à vontade, porque tinha algumas perguntas e queria a honra de ouvir suas respostas.

— Gostaria de saber de suas origens e de outras coisas relativas ao martelo.

Labut pediu paciência no ouvir, porque a história seria um pouco longa e não podia resumir todo conteúdo. JM pediu que ficasse à vontade e não tivesse pressa.

Então Labut começou a narrar suas origens:

— Sou de uma linhagem que herdou a bênção da graça, que foi dada à linhagem de Abraão. Do nosso pai Adão até Noé, um filho era escolhido para levar adiante a semente e a promessa da bênção. Depois das grandes águas, nosso patriarca Noé saiu da arca com seus três filhos: Sem, Cam e Jafé. Pela tradição, o primogênito seria o herdeiro da bênção, enquanto os outros seriam abençoados sem as prioridades, ou conforme o lugar que ocupava na idade. Mas, ocorreu o caso de Noé estar embriagado e caído nu, e quando Cam e Canaã o viram, o filho e o neto zombaram do patriarca. Porém, os filhos Sem e Jafé pegaram uma túnica e, de ombro a ombro, levando de costas, o cobriram para não verem a nudez do pai. Ao acordar, Noé ficou sabendo da ação dos filhos. Logo proferiu a bênção do primogênito Sem, e com ele também abençoou a Jafé, mais novo que Cam. Assim, duas linhagens foram abençoadas.

"Cam e Canaã foram amaldiçoados para serem sujeitos às descendências dos semitas e jafenitas. Dos semitas veio Abraão, que gerou os judeus. Dos jafenitas o filho Tubal, quinto filho de Jafé. Segundo a filologia mítica portuguesa, Tubal teria ocupado a Península Ibérica, onde temos a cidade portuguesa de Setúbal, onde nasceu o poeta Bocage. Ibéria é um termo dos povos gregos, que representa os gentios a quem a bênção de Jafé é compartilhada de Sem, os hebreus. Daí vem o simbolismo do martelo de Labut V de Éfaj. Quando o martelo foi rejeitado e passou aos gentios. Segundo a profecia, Jafé seria participante da herança, habitando as tendas de Sem.

"Sobre o martelo, eu o recebi como herança, com a tradição oral que diz do simbolismo e do que representa tudo que está nele, ou se refira a ele: o cabo, a fenda, a cunha e o cordeiro; tudo está detalhado pela tradição oral. Quando você ler outra vez o livro de muitos livros, encontrará tudo que está dito sobre o martelo de Labut V de Éfaj. Você descobrirá que até mesmo o período que ficou sem o cabo tem um significado. É certo que há muito a ser dito sobre o martelo e os simbolismos que estão inseridos nele, e, sobre mim, afirmo que sou um gentio, como a maioria dos habitantes das Américas que descendem dos europeus. Portanto, amigo JM, é isso que posso dizer por enquanto. Claro, esta é uma parte que resumi para você."

Analisando tudo que ouviu sobre a origem de Labut, a bênção partilhada e o simbolismo do martelo, JM estava quase convencido de ter entendido boa parte do mistério que envolvia o assunto. Porém, muitas coisas ditas não estavam claras, nem um pouco conclusivas em muitos aspectos. JM queria algo substancial quanto ao contexto no qual se encontrava inserido pelos sonhos, leituras e experiências vividas recentemente. O instinto investigativo de JM pedia mais ousadia para provocar o velho Labut e fazê-lo falar mais claramente. Então perguntou o que ele poderia falar do martelo e da poesia, já que mencionou Bocage na sua cidade Setúbal. Ele foi incisivo em afirmar que sabia pouco, mas falaria sobre a relação do martelo com a poesia. Então, Labut declamou esta poesia:

DEUS E O MARTELO

O obreiro precisa ter nas mãos
O projeto daquilo que intenta
Ter coragem e determinação
O desejo do sonho que alimenta
E jamais conseguirá realizar
Se com ele não tiver as ferramentas

O sublime construtor criou os céus
Sobre o globo da Terra ele se assenta
Suas obras sublimes enchem a alma
E os olhos daqueles que as contemplam
Assim, Deus, para fazer tudo do nada,
Usou sua palavra (martelo) ferramenta

Com a palavra que criou também destrói
Céu e Terra um dia passarão
Fugirá ao golpe do martelo sua voz
Se com isto minha alma se contenta
Assim, Deus, para fazer tudo do nada,
Usou sua palavra (martelo) ferramenta

Permanece operando entre nós
Ele é da mulher a semente prometida
Que pisou a cabeça da serpente o algoz
Na vitória minha alma se contenta
Assim, Deus, para fazer tudo do nada,
Usou sua palavra (martelo) ferramenta

A promessa foi firmada com Adão
Depois Sete gerou Enos a fé aumenta
Foi Enoque levado vivo desse chão
Testemunhas da promessa nos fomentam
Assim, Deus, para fazer tudo do nada,
Usou sua palavra (martelo) ferramenta

Pela fé, Noé com seu martelo fez a arca
Figurando a graça salvadora
E o arco da aliança é sua marca
Nossos olhos nas nuvens o contemplam
Assim, Deus, para fazer tudo do nada,
Usou sua palavra (martelo) ferramenta

Para Sem foi a bênção de Noé
A Jafé estendeu a sua mão e o aumenta
Vem de Sem Abraão, o pai da fé
A promessa firme se sustenta
Assim, Deus, para fazer tudo do nada,
Usou sua palavra (martelo) ferramenta

Com a bênção que alcança a Tubal
Por ser este o quinto filho de Jafé
Garantida é a vitória contra o mal
Na palavra o pão que alimenta
Assim, Deus, para fazer tudo do nada,
Usou sua palavra (martelo) ferramenta

UM TRIBUTO AO MARTELO

Há na terra milhares de inventos
Ferramentas que o homem elaborou
Todas elas com suas utilidades
Cada uma contém o seu valor
Mas nenhuma supera em verdade
O martelo naquilo que criou

Analise e veja na história
O caminho que ele percorreu
Desde quando existe humanidade
Nas ruínas inda há vestígios seus
Quem disser que desconhece os seus feitos
Está morto ou ainda não nasceu

A Enoque construída por Caim
E Uruk do lendário Gilgamesh
Dos baldrames da torre de Babel
De Gizé a pirâmide não se mexe
Das colunas de mármore lá na Grécia
E do arco romano não se esquece

Fez o muro que cercava Jericó
Salomão fez o templo e a prece
Os astecas e os incas lhe dirão,
Provarão que os maias lhe conhecem
Pois de fato não existe uma nação
Que não tenha provado suas benesses

JM estava apreciando os versos recitados pelo velho Labut, admirado das sequências que eram quase narrativas detalhadas com algumas metáforas. Aquilo tudo lembrava o formato de alguns salmos e cânticos como o de Débora, depois que Jael usou o martelo e a estaca da tenda para matar Sísera, chefe do exército cananeu. Sentiu como estavam vivas suas memórias culturais, e sua raiz poética remetia aos grandes nomes da poesia lusitana. De alguma forma, estes detalhes creditavam seu relato acerca de sua origem.

Aproveitando aquele clima, JM ofereceu-lhe um pouco de vinho, como quem queria brindar o momento. Labut aceitou de bom grado degustar da boa safra que JM lhe serviu, enquanto comentavam sobre a beleza que os poemas carregam nos textos sagrados e como foram esquecidos por muitos. Enquanto falavam sobre esse gênero literário, JM não esquecia o que acabara de ouvir sobre o martelo, no poema citado por Labut. Então, perguntou sobre a origem dessa arte, que sem dúvida é de origem muito remota, e carrega algo divino, quase que inexplicável, com sua função fática e poética.

— Este é um assunto de muitos postulados — respondeu Labut. — Há os que defendem do ponto de vista científico; há os que acreditam em definições teológicas dos primeiros séculos depois de Cristo. E há os que simplesmente aceitam as definições que estão ditas de forma simples. O livro de Jó é tido como o mais antigo do livro de muitos livros, até mais que o das origens. Isso o coloca como a mais antiga referência à música que se tem até hoje em termos de escrituras, e que o próprio livro em si é poético. Segundo sua narrativa, os anjos cantavam na alvorada da criação, e esta deve ser a informação que mais recua no tempo em relação à origem da música; talvez Ezequiel, numa metáfora, faça menção ao Éden celeste e ao querubim que caiu pelo seu narcisismo. Ele menciona tambores e pífaros.

"Dentro da cronologia do livro das origens, na sexta geração de Caim, já se fabricava harpas e órgãos. Isso mostra que a música era certamente presente na cultura deles. Entende-se que a música tenha sido usada em rituais religiosos, como cânticos triunfais de guerra, e para entretenimento. Entre os povos, as finalidades foram se diversificando. Seja em textos declamados ou cantados nas cerimônias festivas de entretenimento ou religiosas. Mas temos textos que são mesmo voltados para os sentimentos afetivos dos casais, como é o caso dos textos de Salomão em cantares.

"Os gregos construíram um legado de grandes avanços nas estruturas e formatos de leitura da música. Na cultura judaica, o exemplo clássico da música sacra está nos salmos, sobretudo no período da regência de Davi, o rei salmista, que promoveu a fabricação de instrumentos musicais e estabeleceu o turno de cantores no santuário. Esse modo de expressar os sentimentos em todas suas nuances é uma linguagem que teve origem com os anjos, e eles demonstram aos pastores em Belém, cantando: "Glória a Deus nas alturas, paz na terra, aos homens de boa vontade...". É, sem dúvida, uma das passagens mais belas e claras sobre o louvor angelical.

"Os evangelhos apresentam Jesus no momento seguinte após a ceia, cantando um hino com seus discípulos. Este relato é importante para indicar a presença da música no ambiente de culto dos seus seguidores como igreja. Nas epístolas Paulinas, as recomendações são explícitas às igrejas gentílicas para usarem os cânticos e salmos em suas reuniões de cultos. Assim, percebemos que esta linguagem foi originalmente usada para adoração a Deus, mas em algum momento foi usada por alguém para outros fins. De uma coisa não dá para discordar: os anjos caídos conhecem bem o poder que há na linguagem musical e de algum modo têm influenciado para o mau uso. Assim as artes não ficaram imunes à ação da queda, e a parte musical é também um objeto de modos apelativos em seus matizes durante todas as épocas. Podendo ser usada tanto para esvaziamento do ego, como para alimentar a concupiscência da carne, a concupiscência dos olhos e a soberba da vida. Parafraseando João."

Os dois amigos se deleitavam com aquele diálogo de pensamentos livres, porém comprometidos com a simplicidade das verdades universais, que não se curvam aos padrões gerais, nem mesmo ao tempo. Os dois se sentiam conectados por uma comunhão que parecia ligar não só os pensamentos e interesses pelos mesmos assuntos, mas também os sentimentos. JM queria ouvir o máximo de informações vindas de Labut, com a intenção de juntar os pontos de suas visões, leituras, habilidades e com isto obter alguma resposta às suas indagações.

Mas Labut também queria ouvir sua opinião sobre o assunto em questão, e fez a seguinte observação e pergunta:

— Permita-me fazer uma observação: minha resposta à sua pergunta sobre a música é apenas uma síntese das definições que estão ditas de forma simples. Qual sua opinião neste caso?

— Sim, amigo. Sua resposta direta e objetiva é clara e rica pela simplicidade como se apresenta de forma livre. Minha opinião só é válida enquanto for coerente com a simplicidade de uma verdade livre, fora disso não atenderá a um interesse comum, será apenas uma vaidade do meu ego. Toda verdade deve ser livre e para o bem de todos, por isso concordo com seu pensamento, em tudo que expôs sobre o martelo e sobre a música. É claro que estamos falando de temas complexos, mas não vamos entrar em detalhes e suas particularidades históricas, seu relato e seus poemas são suficientes. Esta é minha opinião.

Tudo que JM queria era continuar ouvindo o seu convidado falar sobre coisas antigas que pudessem acrescentar algo em suas pesquisas sobre os simbolismos inseridos no martelo; sua pergunta sobre a música foi só uma desculpa para não ir direto ao assunto. Ele olhava aquela caixa preta, com formato retangular, e tentava deduzir dezenas de coisas que poderiam ser seu conteúdo. Uma flauta, ou um clarinete?, pensava ele. Quando ia fazer a pergunta sobre a caixa, Celeste chegou educadamente à porta e os convidou para tomarem assento à mesa.

— O almoço está servido! — disse ela.

Então JM se levantou, apontou para a caixa e disse:

— Se importa que a coloque aqui na estante enquanto almoçamos?

— Pode colocar, por favor — respondeu Labut.

Tomaram assentos em volta à mesa. JM Estava sentado à ponta da mesa, com Celeste à direita, Labut na outra ponta e Jerusa à esquerda. Celeste apresentou Jerusa, dizendo:

— Sr. Labut, esta é Jerusa, uma amiga que sempre me ajuda. Ela tem receitas deliciosas.

Os dois se cumprimentaram e JM pediu que o convidado desse as graças pela comida.

— Senhor Deus criador, com tua corda auferiu os limites da sorte dos teus servos, com teu martelo fincou os marcos nas extremas e as estacas de suas tendas; à mesa do teu servo puseste o alimento, em nome do teu filho Jesus te agradecemos. Amém.

Quando todos haviam se servido, Jerusa parecia incomodada com aquele silêncio momentâneo, sabia que Celeste era muito comunicativa e excelente observadora. Ao ouvir a oração, Celeste notou que a amiga tinha se emocionado, por isso manteve-se calada, esperando que algum assunto surgisse.

Sem se conter, Jerusa foi direta com Celeste e perguntou:

— O que houve, Celeste, ficou emocionada com a oração também? Nunca tinha ouvido? Vai, fala alguma coisa!

— Não, pergunte ao JM. Ele é o psicólogo — respondeu Celeste, sorrindo.

— Então tá, passo a pergunta.

— Reformule a pergunta, por favor — pediu JM.

— Perguntei se já ouviu essa oração antes e se ela lhe emocionou.

— Ah, tá. Não. Nunca ouvi antes. Com esta construção poética e com palavras pouco usadas, emociona quem tem familiaridade com os textos sagrados que contêm os mesmos termos. Você tem. Certo?

— Na verdade, tenho mais do que imagina.

— Você poderia falar mais sobre essa parte que não imaginamos? Estamos almoçando, não é no consultório, não vou cobrar nada.

Todos riram com a brincadeira de JM. Jerusa parecia mais interessada em saber algo sobre Labut, porque até então não tinha ouvido nada além da oração. Agora tinha oportunidade de envolvê-lo na conversa. Respondeu a JM:

— Vou falar então — disse Jerusa. — Tudo que ouvi aqui lembrou muito meu avô; ele falava umas coisas assim da antiguidade que mexiam com o íntimo, como se fosse algo mais presente que qualquer fato atual. Ele falava com um sotaque espanhol bem suave e tinha muitas histórias antigas para contar.

— Qual era a origem do seu avô? — perguntou JM.

— Badajoz. Estrema da Espanha com Portugal — respondeu Jerusa.

— Labut é de Setúbal, Portugal. Acho que vocês terão muito o que conversar.

— Ah, é? Então este almoço está ficando mais interessante, porque a Celeste, que gosta de histórias antigas, nem começou a fazer perguntas.

Celeste respondeu:

— Eu tenho perguntas para fazer ao nosso convidado, que está só ouvindo. Mas sei que tem muito a nos dizer.

— Eu tenho a dizer que esta comida está muito bem preparada e é de um excelente sabor. Meus parabéns às senhoras que prepararam e ao amigo que me convidou.

— Nós que o agradecemos em aceitar o convite. Minha esposa Celeste gosta de cozinhar e de histórias antigas, principalmente as que são contadas nas escrituras; questiona muitas coisas do livro das origens. E eu falo que "as coisas reveladas são, para nós, as ocultas para Deus...". Mas é claro que os questionamentos da Celeste são coerentes, ajudam-nos a pensar em possibilidades dentro do ambiente da narrativa. Este tipo de questionamento é um tanto prudente.

Estando todos saciados, JM convidou Labut à sala novamente e não deixou que ele tomasse assento; foi direto na prateleira pegar a caixa com os martelos que o Natanael havia enviado. Queria contar tudo sobre os martelos e saber o que Labut poderia acrescentar. Colocou a caixa em cima da mesa e foi tirando um a um e pondo em fileiras de três em três, cada um numerado na sequência como da última vez. Labut observava tudo em silêncio, aguardando alguma explicação. JM estava pronto para começar a explicar, quando foi interrompido por Jerusa e Celeste, que chegaram servindo um café. Pediram permissão para se sentarem e participarem da conversa, pois estavam curiosas.

— Tudo bem — disse JM. — Acho bom que participem.

Com os martelos organizados na mesa, começou contando como conheceu Natanael e que foi por meio dele que iniciou toda a pesquisa sobre o martelo. Contou das experiências que teve depois do acidente e dos sonhos com os martelos que vinham se consultar como se fossem pacientes. Falou de como conheceu Labut, como este falou do seu martelo especial e como isto o deixou curioso em saber desta relação; agora ele queria entender se havia alguma mensagem em todos estes acontecimentos. Celeste se antecipou e revelou a todos que Jerusa poderia ajudar, porque ela era muito boa em ouvir sonhos e discernir os significados.

Então Labut sugeriu que Jerusa falasse o que entendeu. Ela ficou um pouco sem graça e JM falou para não levar tão a sério, afinal, era só um sonho.

— Negativo, Senhor JM. Isto é sério. Mas se quiserem, eu direi o que entendi — disse Jerusa

— Por favor — pediu JM.

Ela pediu que entendessem se não explicasse alguns detalhes, pois isso era algo comum em alguns casos, mas ia falar o que havia entendido.

— Bem, eu ouvi atentamente o que JM falou. O seu amigo Natanael é alguém especial, cujo significado dentro do contexto eu não entendi. Meu avô chamava estes casos de elementos presos no tempo, ou seja, guardados para o momento certo.

"Os martelos que estão sem os cabos são pessoas que trabalhavam na obra do mestre e foram maltratadas, pisadas, quebradas e ficaram sem poder trabalhar. Tiraram delas as forças, a liberdade, a fé e a esperança. Você deve ser um escolhido para colocar os cabos novamente, e fazer com que elas consertem outras que também estão sem cabos e não podem trabalhar. Você recebeu a mensagem sobre o martelo e se envolveu numa pesquisa, de maneira que uma madeira perfurou seu cérebro e o fez análogo a um martelo, e até seu nome diz isso: José Madeira. Acho que o martelo de Labut foi quem atraiu você, e isso foi o que entendi. Se faltar algo, Labut e o tempo dirão."

Ao ouvir essas constatações, JM parecia desconfortável. Celeste pediu licença para ir pegar água e logo voltou e serviu a todos. Enquanto se sentava, com o olhar fixo em Labut, perguntou:

— O que você diz sobre essa capacidade de interpretar sonhos?

Ele passou a mão na barba e falou:

— Eu acredito na vigência dos dons, isto é, que ainda são operantes como nos primeiros discípulos. Se havia interpretação das línguas, também deve haver dos sonhos. Por que não? Os sonhos não deixam de ser uma linguagem.

— Então o que Jerusa falou tem sentido?

— Sim. Faz mais sentido que línguas estranhas sem intérprete. Você não acha? Veja que Pedro cita o profeta Joel e nem fala de línguas. "E os vossos filhos e as vossas filhas profetizarão, os vossos jovens terão visões, e os vossos velhos sonharão sonhos..." Se estes são dons como as línguas, o que impede de se receber o entendimento sobre eles? De certa forma, as línguas são mais difíceis de entender que os sonhos e visões. Dependendo do conteúdo, claro.

— Eu concordo — disse JM. E acrescentou: — Certos dons são habilidades que se recebe pela imposição das mãos e são muitas vezes desprezados. Imposição das mãos é um assunto negligenciado.

— Meu avô costumava ministrar bênçãos impondo as mãos sobre filhos e netos — disse Jerusa.

Celeste estava esperando um momento para questionar sobre o oposto dentro do mesmo assunto. Viu que Labut queria falar algo e logo o interrompeu, perguntando:

— Labut, o que você me diz desta prática quando o praticante segue motivações pessoais?

— Todos os dons seguem um padrão: ser útil. Se não glorifica a Deus, não é útil. Desde o início, a bênção foi passada de pai para filho com a imposição das mãos, mas a maldição também foi passada assim. Por esta razão, devemos ter cautela sobre quem está impondo as mãos.

— Seria um exemplo do bode Azazel? — perguntou Jerusa.

— Sim. O bode Azazel e o expiatório é só um exemplo de transferência de culpa que se fazia. Colocavam-se as mãos na cabeça do bode e se confessava a culpa, transferindo-a para ele; era uma cerimônia que figurava Jesus recebendo nossas culpas.

"Na verdade, o bode emissário representa Jesus levando as culpas para longe de nós. Um representa o Cristo que morre, e o outro, o Cristo que vive, para manter nossos pecados longe de nós. Mas posso lhe dar outro exemplo para sua pergunta: 'A bênção é transformada em maldição, como declara Malaquias'. Quando o sacerdote aceita barganhas, das suas bocas não saem mais os oráculos do senhor; entram pelo caminho de Balaão e desonram ao Deus altíssimo. Porém, os que estão em Cristo não estão debaixo de maldição nem de condenação."

Celeste estava querendo saber de outros assuntos ligados com as origens e coisas da antiguidade antes das grandes águas. Para ela, entender o início de tudo era essencial para compreender as circunstâncias do presente e do futuro da nossa existência, dentro da nossa realidade temporal. Tomando como exemplo Jesus com os discípulos no caminho de Emaús, até citou a passagem "Começou por Moisés e seguiu pelos demais profetas, explicando..." Assim, Celeste queria que Labut falasse sobre o início de tudo, começando com a queda de Lúcifer e os anjos até a grande inundação. Quando ela pediu que explicasse esses pontos, JM falou:

— Eu sabia que você não iria deixar de perguntar sobre essas coisas.

— Tudo bem. Eu respondo — disse Labut.

AS ORIGENS

"...Pela palavra do Senhor foram feitos os céus, e todo o exército deles pelo espírito da sua boca..." (Davi, em salmos)

— Não há como saber tudo do princípio até o fim. Tudo que sabemos é que pelo verbo foram criados primeiro os céus e os exércitos de Deus; anjos, arcanjos, querubins e serafins. Tudo era puro, perfeito e santo. No princípio da criação, não existia um átomo corrompido em todo universo; "as estrelas da alva cantavam e todos os filhos de Deus se rejubilavam"; mesmo assim, surgiu o sentimento altivo do orgulho violento no coração de Lúcifer; puro narcisismo, sem árvore alguma o mal surgiu. O que nos surpreenderia depois que tal semente germinou no coração de Lúcifer? Teria Deus se surpreendido com tal ocorrência? Ou seria essa a fraqueza de Deus, criar seres com liberdade de pensar e agir?

"Ora, não seria justo dominar por meio da tirania e da força opressora; sem a reciprocidade do amor, sem vínculo de comunhão espontânea prazerosa do criador e da criatura. Portanto, a comunhão harmônica da unidade é o princípio de um reino de justiça, cuja responsabilidade sobre o ato é de quem escolhe, e a razão é de quem deu essa liberdade de escolha, Deus.

"Os anjos são seres espirituais de uma criação superior aos homens, com natureza regida por princípios de saber e de consciência superiores. Para eles, violar um princípio é tomar uma decisão sem volta e sem argumento para retorno, devido à capacidade de consciência plena. Transgredir um princípio é negar o próprio Criador e mergulhar num estado de angústia, no qual o conhecimento é apenas a consciência de existir em trevas. Assim, o querubim não só violou o princípio da hierarquia divina, ele foi infundir seu autoengano na mente de outros anjos e declarar um ódio assassino contra o verbo criador. Por isto ele é chamado 'pai da mentira, e assassino desde o princípio'.

"Ele feriu a palavra, o verbo criador. No seu coração, ele assassinou o cordeiro quando o aborreceu."

— Quer dizer que ele matou o cordeiro? — indagou Celeste. — Como pode isso? Estou chocada com esta declaração sua.

— Quando falamos das coisas espirituais, tudo muda — respondeu Labut. — Saímos do plano físico e entramos em outro plano, como Jesus falou em Mateus: "Eu, porém, vos digo, que qualquer um que atentar numa mulher para a cobiçar, já em seu coração cometeu adultério com ela". Jesus falou essas coisas e os seus ouvintes ficaram em choque diante dessas declarações. "Porque do interior do coração dos homens saem os maus pensamentos, os adultérios, as prostituições, os homicídios", foi o que Jesus disse em Lucas. Os mestres da lei só conheciam a letra da lei carnal, Jesus trouxe a lei do espírito de vida. Então Jesus estava revelando princípios espirituais da intenção do coração. "...Qualquer um que odeia a seu irmão é homicida...", foi o que disse Jesus em João. Foi isso que Lúcifer fez.

"Vejamos que ele é chamado de homicida e mentiroso desde o princípio. Corrompeu muitos anjos com suas mentiras, e se fundiu na própria mentira, aborrecendo a verdade, o verbo, o cordeiro. '...Ele foi homicida desde o princípio, e não se firmou na verdade, porque não há verdade nele. Quando ele profere mentira, fala do que lhe é próprio, porque é mentiroso, e pai da mentira...', disse Jesus em João. Tudo começou no céu, inclusive o pecado e a morte. Mas não sabemos detalhes desse período, nem o quanto durou. Sabemos que o ciclo da primeira queda se encerra antes da nova criação, considerando o conceito tempo como um fenômeno relacional a partir da observação humana sobre o sol e a lua, iniciando-se com Adão."

JM fez sinal que queria falar e Labut apenas acenou com a cabeça confirmando que sim. Todos estavam curiosos sobre o assunto, e sabiam que JM poderia trazer alguma informação ou um bom questionamento. Ele comentou o seguinte:

— Não quero tomar tempo, Labut tem muito o que responder para Celeste. Vou só fazer umas observações, ainda sobre esse assunto da morte: quem intenta no coração, o bem ou o mal, já decidiu aceitar, ou escolheu um lado sem ter praticado literalmente. Ou seja, só se faz uma ação que já foi feita no íntimo. Na lei, só é homicida o que é literalmente, só se mata literalmente, ou melhor, fisicamente. Mas, de fato, não se sofre apenas fisicamente, ou no corpo. Sabemos que o pior sofrer é o da alma, não o do corpo. No entanto, a lei criminalizava a difamação ou falso testemunho, como vemos até hoje.

— Na tradição do martelo, o conceito de morte é de maior relevância no coração — completou Labut.

— Muito bem — disse Jerusa. — Os membros do corpo físico podem até ser arrancados e jogados fora, contanto que cure o coração, para preservar a alma. Vendo deste modo, pode-se imaginar o que o querubim causou de morte no Céu e posteriormente na Terra.

Labut observou:

— Foi aí que começou o seu império de pecado e de morte, que terminou na ressurreição de Cristo. Desse mundo, sabe-se pouco, digo, do mundo angelical; é um "espaço" sem contagem do tempo. Portanto, não temos acesso a um mundo que existia quando o nosso nem havia sido criado.

Celeste estava acompanhando atentamente o que Labut dizia, e esperava que ele começasse a falar sobre a segunda criação, e da queda do homem e seus efeitos. Queria saber como Labut via os fatos descritos nas narrativas daquele período. Assim continuaram.

A ORIGEM DO HOMEM

"...Pois pouco menor o fizeste do que os anjos, e de glória e de honra o coroaste..." (Davi, em salmos)

Labut iniciou assim sua narrativa para responder à Celeste:

— Acabando de criar a Terra, todos os vegetais e animais, Deus fez o homem do pó da terra. O fez um pouco menor que os anjos. O coroou de honra e de glória; deu-lhe o domínio sobre tudo que havia na Terra. Sendo este ser inferior, terá que enfrentar a realidade de um universo com o mal existente. Diferente do ambiente no céu, quando criou os anjos, que era todo puro, agora sua nova criatura teria que conviver com esta consciência, a existência do mal.

"Deus preparou um jardim e colocou o homem como senhor sobre suas criaturas na Terra, e pôs uma árvore como aviso que o mal era real. Satanás, que enganou a muitos anjos, não teria muitas dificuldades para enganar o homem de natureza inferior. Tudo foi feito por meio de uma cobra ventríloqua, que, por sugestões e mentiras, induziu o casal ao pecado. O que fez com os anjos, também fez com o homem."

— Foi uma queda dos anjos e uma dos homens? — perguntou Jerusa.

— Sim. Só que o homem tem outra natureza, ele foi enganado — acrescentouLabut.

"Imediatamente após a queda, Deus providenciou pele de animal para vestimentas, em substituição às folhas de figueiras que o casal usou. Deus usou a pele como um simbolismo de sua justiça, que substitui a nossa; a justiça do cordeiro, que morre em nosso lugar para nos justificar. Daí prossegue com a promessa de julgar a serpente pela semente da mulher, e declarou a inimizade entre as duas sementes."

JM adicionou:

— Neste caso, foi declarada guerra da serpente contra a mulher, e entre a semente da serpente e a semente da mulher. O espiritual contra o carnal; o imortal contra o mortal; o visível contra o que pode ser invisível e visível; essa é uma guerra com lados bastante desproporcionais, meu amigo Labut, uma guerra com derrota anunciada.

— É verdade. O único meio de não se ver assim, é crendo no que fez a promessa.

Continuou Labut:

— O quadro seguinte, descrito na narrativa, mostra a ação de Caim matando o irmão; um homem tomado por um inconformismo odioso. Num estado de rejeição gerado pelo coração altivo, saiu errante carregando consigo a maldição que o coração maligno abrigou. Repetia-se na Terra como foi no Céu. Por um hiato de tempo, a promessa foi interrompida, porque Abel, a linhagem de Eva, morreu. De Caim não poderia nascer o prometido. Caim era do maligno. Mas logo Eva teve a Sete, e com ele a promessa retoma seu curso na linha sucessiva dos filhos de Adão.

"A linhagem de Caim cresceu em número e pareceu estar em vantagem em relação aos de Sete. Mas na voz de Enos, começaram a invocar o Senhor e se fortaleceram em suas famílias; e formaram uma consciência de justiça que preservaram dentro da linhagem até chegar o justo Noé."

JM tomou a palavra e questionou as teorias sobre a inteligência de Adão e as datações que falam sempre de milhões de anos.

— O que você diz sobre essas discordâncias? — perguntou JM.

— Bem, o Adão feito à imagem e semelhança do Deus Criador, dotado da mais completa capacidade mental e criativa, é reduzido a um primata, morando numa caverna, por ser incapaz de construir uma morada para si. Essa ideia esdrúxula sobre Adão e seus filhos é o mesmo que dizer de um fazendeiro que adotou um casal de toupeiras para gerenciar sua fazenda.

"Não dá para saber quem é mais toupeira nesse caso. Arrisco-me a dizer que as toupeiras nem sabem que as chamamos por esse nome, e é provável que não se reconheçam como tal. Mas e o fazendeiro? Será que nem por um momento toma consciência do que é de fato? No livro das origens, o Deus Criador ordena o homem a viver do suor do seu rosto, dominando sobre tudo, usufruindo de tudo que é produzido na terra e pela terra; dos vegetais, dos animais e minerais. Ainda indica que nas regiões do jardim havia muitas pedras preciosas e abundante ouro, e certamente outros metais; indica também que Adão e seus filhos logo começaram a extrair e construir ferramentas agrícolas e utensílios domésticos.

"Logo Caim construiu uma cidade e seus filhos dominavam a metalurgia com produção do cobre e do ferro."

— Outro dia eu estava lendo estas passagens sobre as quais você se refere, do heptaneto de Caim; você acha que ele inventou o martelo?

— Não, JM. Mas certamente criou outros modelos para outras finalidades; e quando ele nasceu, muitos martelos haviam martelado na construção da cidade Enoque.

—Você tem razão. Com ferreiros forjando ferramentas e artesãos fabricando harpas, órgãos e teares, surgiu demanda de novos modelos de martelos.

—Sim, JM. Além desses artesãos, surgiram pedreiros e carpinteiros, que eram os mestres de grandes construções.

"Pelo meado do primeiro milênio, esse heptaneto de Caim e seus filhos se destacaram como os pioneiros no domínio destas artes. Era uma época de muitas inspirações. O problema dessas inspirações é que elas não eram sempre para o bem; o ambiente sofria com a presença de seres espirituais de ambos os lados em contato com os humanos.

— Meu amigo Labut, li no livro das origens que esses seres conviviam com os humanos até na era patriarcal, da terceira geração de Abraão. Imagina nesse período a que você se refere, depois da metade do primeiro milênio? Estava feia a coisa.

— Meus amigos, a Celeste quer falar! — exclamou Jerusa.

— Sim. Quero saber se apenas as transgressões humanas foram as causas do juízo das grandes águas, ou teve outras causas?

— Todo pecado humano cabe dentro da transgressão de Adão. Então, concluímos que Deus teria destruído quando era só um casal. Mas Deus tratou os fatos com medidas que não foram equivalentes ao extermínio do ser humano, que humanamente é transgredido na natureza de sua subjetividade. Este humano é um sujeito que possui a natureza do querer e é passivo ao engano pelo próprio desejo. Mas esses são apenas os males que saem do coração, como produtos de suas subjetividades. Ou seja, é de dentro para fora. Mesmo assim, parte deste estado da natureza foi adquirido com a queda, e não é inerente dele.

— Vou resumir o que entendi — disse JM. — A humanidade seguia seu curso sem surpreender o Criador; seguia carregando as implicações da queda e a promessa da redenção. Deus em nenhum momento propunha destruir tudo em resposta ao pecado humano. Em outras palavras, nenhuma produção da subjetividade humana poderá suplantar a palavra da promessa. De outra maneira, esta nem teria sido dada. Sendo assim, o pecado humano não provocou o juízo das grandes águas.

— É isso mesmo, amigo JM. Você está certo — confirmou Labut.

Jerusa e Celeste, olhando para JM e Labut, perguntaram quase que juntas:

— Foi o pecado de quem, então?

— Prefiro que Labut responda — disse JM.

Labut afirmou:

— Posso responder, mas sei que você sabe muito bem as causas do juízo das grandes águas.

— Eu sei que seres extraterrestres conviviam com os homens e ensinavam muitas coisas que eram segredos proibidos.

— Agora vai nos contar — disse Celeste.

— É mesmo, quero saber — endossou Jerusa.

— Quem vai contar mesmo é Labut, eu vou só lembrar dois casos que ocorreram depois da grande inundação. Os dois casos que narram sobre um anjo ensinando Jacó a mudar a cor dos cabritos das ovelhas e quando ele encontrou um bando de anjos; se na terceira geração de Abraão, isto é, preste a descerem ao Egito, ainda aconteciam essas aparições, o que acontecia antes do juízo das grandes águas? Labut que responda.

A CAUSA DO JUÍZO DAS GRANDES ÁGUAS

"...Porque, se Deus não perdoou aos anjos que pecaram, mas, havendo-os lançado no inferno, os entregou às cadeias da escuridão, ficando reservados para o juízo; e não perdoou ao mundo antigo, mas guardou a Noé, pregoeiro da justiça, com mais sete pessoas, ao trazer o dilúvio sobre o mundo dos ímpios..." (Pedro)

— Diz o livro das origens, e no livro apócrifo de Enoque, que os filhos de Deus observavam os homens em seus comportamentos. Como procriavam e multiplicavam seus filhos e filhas com o uso das mulheres. Um grupo de vigilantes decidiu praticar as obras dos homens, abandonaram suas moradas celestes, desceram para possuírem mulheres e gerarem filhos. Conceberam filhos híbridos, que cresciam e se tornavam gigantes de natureza violenta e crueldade desumana.

"A humanidade experimentou o mal objetivo, com a presença de seres celestes materializados e seus filhos híbridos, gigantes que não eram terrestres nem celestes; viviam a angústia de existir sem ser. Ao passo que, devido aos vigilantes, o conhecimento humano foi corrompido, e pela revelação das coisas ocultas, sentiram o mal numa proporção jamais experimentada."

— Pelo que você diz, aquele caso das varinhas descascadas, ensinado a Jacó, ficou pequeno em comparação com o que se praticou em termos de revelações e ensinos — salientou Jerusa.

— Sim. Isso é coisa de transformação de cajado em serpente e daí por diante. Eles ensinaram a fabricação de ídolos de metal e madeira, fabricação de espadas e a arte da guerra.

Celeste ouvia atentamente e já preparava outra pergunta quando Labut indagou:

— Tem algo a dizer, Celeste?

— Tenho. Depois, os filhos que tiveram com as mulheres passaram a dominar e corromper com seus ensinos e práticas?

— É, o estado psíquico dos homens e mulheres foi alterado por meio de visões, sonhos, substâncias extraídas das plantas e cogumelos, fazendo escravos com suas magias e seduções.

JM olhou para Labut e falou:

— Olha, você fala desses fatos como quem estava lá. Mas o juízo das grandes águas teve uma causa que faz sentido, quando os fatos são colocados assim. Não foram apenas as transgressões humanas.

— Onde estava Noé quando isso aconteceu? — perguntou Celeste.

— Noé vivia entre a sua geração, pregando a justiça — disse JM.

"Ele era o último da linhagem de Sete e tinha sobre si a promessa, sendo justo na sua geração; assim, ele e sua família carregavam um DNA cem por cento humano, e Deus lhes deu a ordem de construir a arca para por ela se salvarem do juízo, e salvarem as espécies específicas."

— Desse modo, quando lemos que ele era justo, quer dizer também que tinha um DNA humano? — perguntou Jerusa.

— Sim. A intenção era salvar a semente humana de Eva para manter a palavra da promessa; sem a intervenção divina, logo, a raça que sobrasse não seria mais humana, seria híbrida; a semente da mulher é humana, não híbrida.

— Então o juízo foi para os ímpios, para a humanidade a grande inundação foi um ato da graça de Deus — afirmou Jerusa.

— Sim — respondeu JM.

A LINHAGEM PIEDOSA DE SETE E OS FILHOS DE DEUS

Celeste falou para Labut:

— Cresci ouvindo explicações sobre esses fatos narrados no livro das origens; todos afirmavam que esses filhos de Deus eram descendentes de Sete, e que as mulheres eram filhas da linhagem de Caim. Nunca encontrei coerência nesta interpretação da narrativa.

— Você tem razão, Celeste. Eu conheço bem as interpretações que fazem do texto; acho quase cômico, se não fosse tão comprometedor este pensamento. Veja quantas implicações, por exemplo, eu teria que encarar! A primeira seria o fato de eu ter que admitir outra linhagem menos caída que a de Adão. Segundo, eu teria que admitir que esta linhagem menos caída foi pior que a caída. Terceiro, eu teria que provar a razão desta linhagem só gerar mulheres feias, apesar de serem piedosas. Veja que as outras eram belas.

— Eu não havia pensado nestes detalhes — afirmou Celeste, sorrindo.

— E tem mais! Se os piedosos foram os causadores de toda degeneração, e se eram eles ditos filhos de Deus, os filhos dos homens, menos piedosos, estavam em vantagem? E se apenas os filhos de Sete, filhos de Deus, foram salvos da inundação, como os menos piedosos, filhos dos homens, construíram a torre de Babel? Está escrito: "...Então, desceu o Senhor para ver a cidade e a torre que os filhos dos homens edificavam..." Ora, não afirmam que filhos dos homens são os cainitas? Como escaparam do juízo das grandes águas? Mas o texto se refere certamente aos filhos de Noé, os quais são descendentes de Sete, e não de Caim. Porque só existe uma linhagem humana, não duas. "...Começaram a multiplicar-se e lhes nasceram filhas..."

— Poderia nos explicar o argumento que usam citando a afirmação de Jesus de que seremos iguais aos anjos?

— Sim, Celeste. O contexto da fala de Jesus é referente ao estado de imortalidade que os salvos hão de obter com a ressurreição; serão imortais como os anjos, e encerra o ciclo de procriação. Eu sei aonde você quer chegar: no sexo dos anjos! Mas esse texto não nega nada, como tentam usá-lo. O que se vê aqui é de uma realidade clara: os homens mortais existem pela procriação a partir de um; os anjos imortais foram feitos miríades de miríades. Lembre-se de que Adão, quando foi criado, não procriava, mas sempre foi masculino como os anjos; ou alguém acha que Deus acrescentou algo depois? Todavia, Deus quis, por bem, que o homem não vivesse só e tivesse uma adjutora e se multiplicasse.

Estavam empolgados com os temas levantados durante a conversa, e Celeste, ainda curiosa, queria saber mais de Labut a respeito de Noé e a arca. Pediu licença a todos e fez a pergunta:

— Labut, o que você nos diz sobre a questão de Noé construir a arca e o Senhor a fechar por fora? Como ele saiu?

— Ele só construiu porque era um inspirado e foi capacitado por Deus, com ferramentas e espírito de conhecimento e inteligência, como aconteceu com Besaleel e Aoliabe na construção do tabernáculo mostrado a Moisés. Foi especificado o tipo de madeira e o projeto com as medidas.

"Tendo recebido as instruções, a palavra, o martelo começou trabalhar. Estando tudo pronto, ele entrou com sua família e os animais, e Deus fechou a porta por fora. Havia três andares e uma janela. Quando baixou as águas, Noé certamente usou a janela para soltar a pomba e o corvo, e só depois que o Senhor destrancou a porta e o chamou para fora, foi que saíram da arca. Segundo a tradição do martelo, a porta que ele fecha ninguém abre, e a porta que ele abre ninguém fecha. Tendo Noé saído da arca, ofereceu um sacrifício ao Senhor, que confirmou a aliança e o conserto."

JM lembrou a Labut que, no início da conversa, ele falou desse ponto da história, quando respondia sobre sua origem, e quando explicou sobre a bênção partilhada entre os filhos de Noé.

— Tudo bem — disse Labut. — Eu lembro que a Celeste e a Jerusa não estavam conosco quando você me perguntou sobre minha origem. Mas agora eu respondia a Celeste sobre Noé ficar preso na arca e só sair quando o Senhor abriu a porta.

Celeste pediu que JM falasse sobre o que Labut contou de sua origem enquanto elas faziam o almoço. Ele explicou sobre o que foi contado e sobre os poemas e a tradição oral a respeito do simbolismo do martelo; falou que o Labut ainda não havia contado em detalhes sobre essas coisas.

Celeste via Jerusa, que lhe olhava fixamente e mexia as sobrancelhas enquanto fazia aquele gesto sutil com a cabeça, como se fosse olhar para Labut. Celeste entendeu que era para perguntar alguma coisa e, olhando para Labut, foi logo falando:

— Conte-nos o que a tradição oral diz sobre seu martelo, queremos saber mais, eu gosto dessas lendas.

Ele passou a mão na barba e disse:

— Não posso falar tudo agora, porque a tradição ensina que o martelo atrairá muitos para si, e todo aquele que é chamado se congregará um dia na sua presença.

Neste momento, o telefone de JM tocou e ele pediu licença para atender, pois era uma chamada do escritório.

JM levantou-se e saiu para a outra sala, enquanto atendia ao telefone; permaneceram em silêncio até que ele voltou e disse:

— Desculpem-me ter interrompido; eram o Oscar Dez e o Natanael avisando que estão vindo. Continue, por favor.

— Bem, eu dizia que muitos serão atraídos pelo martelo. A tradição também diz que, aos que buscam, muitas coisas serão reveladas; aos que batem, será aberto; e, aos que pedem, será dado; e a quem muito for dado, muito será cobrado; quem muito perdoar, muito amará; ao que praticar a misericórdia, dará vitória quando for julgado; a todo aquele que amar o seu irmão, será dado registro de filho herdeiro; quem recebe de graça, de graça dará; quem quiser salvar a vida, perdê-la-á; quem perder a vida por amor ao martelo, salvá-la-á. Essa é a tradição do martelo.

Labut terminava de falar quando Oscar Dez chegou com Natanael, e JM, tendo os recebido, lhes apresentou Labut e acrescentou:

— Oscar, esta é minha esposa Celeste, e esta é nossa amiga Jerusa.

— Muito prazer — disse Oscar.

As duas pediram licença e saíram para preparar um café. JM perguntava como iam os trabalhos e como Oscar estava se sentindo na empresa, se já havia se adaptado. Oscar explicou que se sentia em casa e que desde o início fez amizade com Natanael, que lhe ajudou muito.

— Isso me deixa feliz — disse JM.

Enquanto falavam sobre a empresa, Celeste chegou acompanhada de Jerusa e disse:

— O café está servido.

Logo tomaram assento à mesa, e Natanael olhou para Oscar e perguntou:

— Posso? — Oscar acenou com a cabeça que sim.

Natanael falou então:

— Amigos, vejam só! Viemos aqui por dois motivos: combinei com o Oscar de marcarmos uma visita com mais tempo, mas ele insistiu em vir logo; eu falei do JM e sua pesquisa, e ele ficou interessado. O outro motivo é que o Oscar teve um sonho e insistiu que eu o apresentasse ao JM pois quer lhe contar o que sonhou.

O SONHO DE OSCAR

— Pode ficar à vontade, Oscar. Conte o sonho, porque aqui todos estão curiosos — disse JM.

Oscar deu uma olhada rápida sobre os amigos, como quem perguntava: "mas, assim, na presença de todos?". Percebendo o incômodo, Labut o acalmou:

— Não se preocupe, tenho certeza de que seu sonho está dentro do assunto da nossa conversa de antes de vocês chegarem.

— Obrigado — disse Oscar.

Bem-humorada, Celeste levantou-se e lhe serviu um copo d'água, enquanto dizia:

— Vamos cuidar bem de você, até você contar o sonho.

Oscar começou a rir e quase se engasgou.

— Que povo bonzinho! E curioso! — disse ele.

Todos riram. Sentindo-se à vontade, Oscar passou a contar o sonho.

— Fui dormir cedo. Como de costume, me levantei no meio da noite, e quando voltei a dormir, tive um sonho tão claro que, ao acordar, tive a sensação de ainda estar dormindo. No sonho, eu seguia por um caminho muito estreito; andei poucos passos e cheguei às margens de um rio. Apesar de não ser um rio largo, a correnteza era forte, e olhando a margem onde eu estava, avistei vários martelos, um total de seis, querendo atravessar para a outra margem. Olhei a outra margem e avistei um personagem com um pergaminho na mão esquerda e, na direita, um martelo.

"Ouvi uma voz que dizia: 'Estes martelos estão sendo atraídos pelo martelo que está na mão do que tem o pergaminho'. Quando olhei a margem onde eu estava, avistei um dos martelos, que lutava contra a correnteza, e outro apontava dizendo: 'Por ali é mais raso!' Ele seguiu, mas foi atingido por uma madeira e arrastado pela correnteza até a outra margem, e umas raízes o prenderam. Ele saiu do rio, e encontrando o que tinha o pergaminho, perguntou sobre os mistérios do martelo e seus símbolos. Ele falou que não poderia responder, porque o rio não permitia que os martelos se reunissem para abrir o pergaminho e ler o que está escrito nele. O martelo perguntou: 'Quando meus companheiros poderão atravessar o rio e juntar-se a nós?'. 'Quando passarem mais um pouco de correntezas, o rio ficará mais raso, então eles atravessarão; quando as águas atingirem o nível determinado, os nomes dos martelos serão revelados' .⊠ 'Você sabe os nomes dos martelos que estão na outra margem?', perguntou o martelo. 'Sim', respondeu o que tinha o pergaminho. 'Sei o nome e o significado de cada um.' 'Você poderia me dizer? Por favor!'. — Então ele falou: 'Dois deles são femininos e, quando juntos, os significados apontam para cima. Os outros, seus significados são: uma arma do Senhor dos exércitos; o outro é um presente de Deus; outro, o que Deus acrescentou; e um outro é Te farei voltar. Mas este só se pode ver o nome real quando escrito ao contrário'.

"Este foi o sonho que tive, e não esqueci sequer um detalhe, nem fugiu uma palavra da minha mente."

Tendo ouvido atentamente, JM agradeceu e perguntou se os outros tinham algo a comentar. Celeste lembrou o que Jerusa havia falado ao interpretar o sonho de JM, que Labut e o tempo diriam sobre Natanael. Então, JM perguntou se todos concordariam que Labut falasse sobre o sonho de Oscar Dez; todos concordaram que sim. Passaram a palavra a Labut, que pediu licença e levantou-se com o olhar voltado para a estante, onde aquela caixa tinha sido colocada. JM, percebendo sua intenção, levantou-se de imediato, pegou a caixa e entregou por sobre a mesa, dizendo:

— Pronto, está aqui na sua mão. Lembra do que disse a Celeste ao Oscar? Vale para você também.

Começaram a rir.

— Cuidamos do que contou o sonho e do que vai falar sobre ele — disse JM.

Labut recebeu a caixa e pediu que Jerusa afastasse um pouco aquele vaso com flores. Ganhando mais espaço, ele colocou a caixa na mesa e disse:

— Este momento é especial, porque ao abrir esta caixa, tudo poderá ser revelado sobre o sonho do Oscar; e tudo sobre os nomes, seus significados, e os símbolos do que há no martelo.

LABUT INTERPRETA O SONHO DE OSCAR

Todos demonstravam certa apreensão, mas JM superava até mesmo Oscar, que estava ansioso para saber o significado do sonho. Natanael, com seu jeito calmo, tentava disfarçar, e Celeste observava tudo. Via como Jerusa estava parada, com olhos fixos naquela caixa preta com fechadura e dobradiças douradas. A caixa era semelhante a um estojo para clarinete ou flauta. Na tampa estava uma escrita em hebraico, com três letras "Lbt", e uma frase: "Tu serás trazido".

Labut pegou do bolso da jaqueta uma pequena chave e destrancou a fechadura. Ao levantar a tampa, os olhos curiosos se voltaram para o vermelho carmesim do interior da caixa. Ficaram mais surpresos ao contemplarem o que havia lá dentro. Fez-se silêncio, enquanto olhavam um pergaminho e um martelo, que apenas Oscar tinha visto no sonho.

Ao tirar o martelo da caixa, queriam ver de perto, olhar os detalhes que chamaram a atenção de todos. Mas Labut, segurando-o com a mão direita, pegou o pergaminho com a esquerda e, virando-se para Oscar, perguntou se eram semelhantes aos vistos no sonho. Oscar confirmou que sim.

— Muito bem — disse Labut.

Colocou o pergaminho e o martelo na caixa e passou a explicar o sonho.

— Ouçam, meus amigos, mostrei estes objetos apenas para ter a confirmação do Oscar. Vocês são testemunhas de que ele afirma serem os mesmos vistos no sonho.

"Vou dizer o significado de cada parte do sonho: o caminho estreito é o caminho da fé. Ele não é longo, pois considera tudo como algo que já existe. O rio é o tempo que não para. Os martelos são todos que estão aqui, em volta desta mesa. Isso, graças ao Oscar que insistiu com Natanael para vir, logo hoje que estou aqui. O martelo que indicou o local mais raso para a travessia é Natanael. Ele indicou a forma para JM entender os martelos."

Jerusa interrompeu e disse:

— No sonho do JM, eu não entendi a função do Natanael dentro do contexto, mas agora ficou claro que o "elemento preso no tempo", do qual falei, esteve presente desde o princípio, auxiliando o JM na sua busca de conhecimento do martelo.

Concordaram com ela e Labut continuou explicando o sonho.

— Oscar viu no sonho que dois martelos tinham nomes femininos e os demais eram masculinos. Viu também que cada nome tinha um significado. Os nomes femininos, que juntos apontam para cima, são os de Jerusa e Celeste. São dois prefixos que significam "Jerusa-lém-Celesti-al" a soma de todos os santos reunidos em nome do martelo, que recebeu o cabo, encarnou; o cordeiro que foi ferido antes da fundação do mundo. Jerusa significa "a que tem posse e habita em Jerusalém." Celeste significa "do céu." Assim, Jerusa-Celeste, significa "Habitantes da Jerusalém Celestial."

"Oscar significa 'Lança de Deus'. Ele é rápido e direto em suas decisões. Natanael é 'dom de Deus'. Cheio de graça e pronto para servir ao próximo. José Madeira, ou como abreviamos, JM. José significa 'Deus multiplica'. JM tem um dom de abençoar e fazer aumentar. Madeira é um termo usado para denominar a parte lenhosa das árvores, constituída de fibras e vasos condutores da seiva. Pode-se dizer que é o corpo da árvore. Assim, José Madeira significa 'Deus multiplica o corpo.' Referindo-se à igreja, o corpo de Cristo. Esses são os nomes dos martelos e seus significados, conforme o sonho de Oscar."

Como boa observadora, Celeste lembrou que faltava Labut explicar sobre o sexto martelo. Pelas habilidades que JM tinha, ele já sabia quem era o sexto martelo, mas não quis comentar. Labut resolveu responder a Celeste.

— Meus amigos, o sexto nome significa "Tu serás trazido." Ou, "Te farei voltar." Suponho que vocês já sabem qual é o nome.

JM respondeu que sabia.

— Qual então? — perguntou Labut.

— O nome é Tubal. Este que está na tampa da caixa, escrito em hebraico, com a frase: "Tu serás trazido". Mas o hebraico é lido da direita para a esquerda. O nome é Tubal, não Labut. Poderia explicar isso?

— Sim. Você está certo. Quando Tubal é lido ao contrário, a pronúncia é Labut. Assim, Labut V de Éfaj é o mesmo que Tubal V de Jafé. Tubal significa "tu serás trazido". Quinto é para identificá-lo como filho de Jafé e neto de Noé; não confundir com o heptaneto de Caim. Tubal V de Jafé significa: "Tu serás trazido ampliado". Conforme a bênção ministrada por Noé, as tendas de Jafé são alargadas em Tubal, como Abraão o foi em Sem. Meu nome foi invertido por consequência das constantes perseguições aos judeus e, sendo um nome que consta no livro das origens, poderia facilmente ser confundido e me fazer vítima do antissemitismo.

Jerusa acrescentou:

— Quando meu avô contava histórias de Badajoz, falava do período da inquisição espanhola em 1492, quando os reis católicos Fernando e Isabela expulsaram toda população judaica da Espanha. Na época, cento e vinte mil judeus cruzaram a fronteira e se juntaram aos que compunham cerca de quinze por cento da população de Portugal. Por decreto de Dom Manoel I, em 1497 foram convertidos à força ao Cristianismo. Chamados marranos e cristãos novos, eram vítimas da inquisição.

— Muito bem, você explicou, com um bom exemplo, o motivo de meus pais terem invertido meu nome.

— Por que seus pais escolheram este nome? — perguntou JM.

— Meus pais queriam preservar a tradição da família e manter viva a tradição com a promessa. A tradição oral e o pergaminho foram preservados para explicar tudo sobre o martelo e seus simbolismos.

Natanael perguntou sobre a origem do pergaminho e do martelo, em que época eles haviam sido criados. Parecia não levar muito a sério o que Labut falou da tradição. Percebendo esta insegurança de Natanael, Labut chamou a atenção de todos dizendo:

— Certamente é importante saber a origem das coisas. Entretanto, há casos em que a origem se faz irrelevante da função e do objetivo a que se empregam certos objetos. Imagine uma pessoa que vai preparar o almoço: abrindo a gaveta do armário, pega uma faca para cortar carnes e algumas verduras. Ela não pensa na origem da faca, quando foi fabricada ou quem a fabricou. Para ela, o que importa é que esteja amolada e cortando bem.

"Fiz esta comparação apenas para dizer que os objetos existem para desempenharem funções que transcendem valores do objeto em si. É como o ouro no templo e a oferta do altar. Um santifica o outro. Isso serve para o martelo e o pergaminho. Não são amuletos mágicos com poderes. São comparativos como um pé de mostarda e uma moeda perdida; ou como uma porta do curral das ovelhas e uma rede de pesca. Deste modo, a origem do martelo pode ser tão incerta quanto a de Melquisedeque. Certo mesmo é o que diz a tradição."

— E o que diz a tradição? — perguntou Oscar Dez.

— A tradição conta alguns fatos ocorridos no período da invasão Árabe à Península Ibérica. Na época, os antigos habitantes procuraram meios de preservação dos costumes, formando comunidades reservadas e adaptando suas crenças. Assim, criaram emblemas que passaram a inserir nas artes como códigos linguísticos; acredita-se que foi daí que surgiu o martelo e o pergaminho.

— Isto teria ocorrido como o caso do acróstico "ICTOS", o peixinho dos cristãos? Atribuem sua origem ao período da perseguição romana nos primeiros séculos da igreja — disse JM.

— Bem lembrado. Olhando a história da Península Ibérica, veremos que era bem difícil manter as tradições no ambiente e circunstâncias em que viviam.

"Os primeiros habitantes tinham como dever conservar as memórias dos antepassados, e isso sugere que o martelo tenha sido criado antes do juízo das grandes águas e preservado pelos filhos de Jafé. Há quem acredite que pertencia de fato a Tubal, como herança do seu avô Noé, que o pergaminho teria sido escrito em um período mais recente, com o propósito de que a tradição não ficasse apenas na forma oral e se perdesse em meio às invasões estrangeiras.

"Como dito anteriormente, foram muitas invasões; além dos árabes e os gregos, tivemos os romanos, que perseguiram os judeus com a inquisição, como a Jerusa explicou."

Labut falava quando Jerusa acrescentou:

— Tudo isso que você falou das invasões, meu avô nos contava, inclusive dos califados que dominaram sua cidade de Badajoz. Segundo ele, o pior período foi o da perseguição católica romana com a inquisição.

— Talvez o pergaminho tenha sido escrito neste período – disse Natanael.

Em volta àquela mesa estavam as mentes mais curiosas em relação ao martelo e seus simbolismos, mas nenhuma delas poderia ter mais interesse pelo tema que JM. Ele havia experimentado um período de pesquisa com experiências que os demais não imaginavam. Sua busca por respostas não o permitia ficar em silêncio e, como por um impulso, falou aos demais, pedindo atenção para uma observação:

— Amigos! O que ouvimos até aqui foi esclarecedor e edificante; no entanto, eu entendo que será mais interessante para nós, neste momento, ouvir nosso amigo Labut falar sobre o martelo. O que vocês acham?

Todos concordaram e JM concluiu:

— Por favor, amigo Labut, nos fale sobre os simbolismos do martelo.

OS SIMBOLISMOS DO MARTELO

Labut se mexeu na cadeira, como se quisesse se acomodar melhor, e Celeste ofereceu-lhe um copo d'água. Confirmado que sim, e tendo recebido o copo, ele agradeceu. Em seguida, tirou o martelo da caixa e disse:

— Prestem atenção neste martelo! O que vocês vão perceber de incomum e vejam bem cada detalhe quando eu entregar para vocês. Quero que anotem os detalhes e o que entenderam do simbolismo. Depois, eu comentarei esses detalhes e explicarei os pontos que vocês não entenderem. Eu gostaria de começar por Jerusa, e assim vão passando para o próximo, até chegar ao JM e ele me devolver. Quero as anotações na mesma ordem.

Todos pegaram o martelo e JM o devolveu. Labut pegou as anotações e começou a ler silenciosamente na mesma ordem, iniciando por Jerusa.

"Muito interessante um martelo figurando um cordeiro, deve se referir ao cordeiro pascoal", anotou Jerusa.

Labut leu as anotações de todos e revelou o que constatou. Apenas Natanael e JM perceberam e fizeram questionamentos de dois detalhes, e os outros afirmaram o mesmo que Jerusa. Labut agradeceu pelos comentários e acrescentou:

— É evidente que nem todos aqui estão acostumados a manusear um martelo. — Alto lá! Nós manuseamos bem o martelo, para bater a carne do bife — disse Celeste, sorrindo.

— Acredito que sim. Mas, voltando ao que você e Jerusa escreveram sobre o martelo e o cordeiro, o que isto representa nos seus simbolismos. O martelo em si representa o verbo antes de se fazer carne, isto é, antes de encarnar. Depois de encarnado, ele assume o papel de cordeiro pascoal, ou o substituto que morreu no lugar do culpado, como aquele que morreu no lugar de Isaque. Assim é o cordeiro aqui representado. Com o seu sangue, comprou as almas de todos os povos, tribos, línguas e nações.

— Você pode explicar melhor essa parte que se refere a ele ter comprado as almas, das tribos e nações? — indagou Natanael.

— Sim. Quando o anjo se refere a povos, é como viveram os descendentes de Jacó no Egito; era o povo de Israel no território egípcio sem uma legislação própria; depois eles no deserto receberam a lei básica, o decálogo, mas não tinham um território; era o povo de Israel no deserto. As tribos foram formadas como se define: os indivíduos de uma mesma família que moram juntos, descendendo de uma mesma árvore genealógica.

"Língua é o idioma falado e escrito com ortografia. E nação é um povo com uma legislação e um território, podendo ter sua língua oficial falada em outras nações. Por fim, temos um exemplo de nação, a de Israel após tomar posse de Canaã. Uma legislação, um território e uma língua falada pelas doze tribos. Alguma dúvida, Natanael?".

— Não. Foi muito bem explicado.

— Tudo bem. Agora eu gostaria de passar para vocês algumas coisas referentes ao que foi observado por Natanael e JM.

"Eles observaram, além da imagem do cordeiro, a cunha que está fixada na lateral do martelo, em vez de ser na parte posterior, como normalmente se conhece. Bem, este é um detalhe interessante, que tem um grande significado. Embora tenha sido percebido este detalhe, ele carrega um simbolismo que vai além do que se vê, no que diz respeito ao local, por ser o bronze o material do qual é feito."

Com essas palavras, Labut deixou a todos num estado de maior curiosidade, pois não faziam a mínima ideia do que poderia simbolizar aquela cunha de bronze na lateral do martelo.

Para provocar ainda mais, ele abriu a caixa e arrancou a parte que forrava o fundo da caixa e lá estava uma antiga ponta de lança romana de bronze, com um aspecto esverdeado do zinabre, indicando se tratar de uma peça bastante antiga. Principalmente para JM, aquela cena causou surpresa, pois Labut não havia comentado sobre tal objeto relacionado com o martelo. No entanto, foi capaz de associar o material da plaqueta que doou para Labut fazer a cunha com o material da lança. Ele estava curioso para ouvir uma explicação razoável em relação à cunha e à lança. Era difícil descrever o estado de surpresa em que os outros estavam. Diante daquela cena só havia silêncio e um amontoado de indagações na mente de todos. Porém, nenhum se atrevia a fazer qualquer pergunta. Labut, então, segurando aquela ponta de lança, passou a explicar:

— Vejam bem! Eu não comentei antes sobre esta ponta de lança, porque esperava o momento oportuno de explicar o significado. Sei que vocês devem estar se perguntando o que isso tem a ver com o martelo, ou com a cunha e seus significados. Pois bem. Isso tem tudo a ver, sim. Quero lhes mostrar um simbolismo, e pouco ou quase nada é falado sobre ele. Refiro-me à serpente que Moisés levantou no deserto. Lembram que ela foi feita de bronze? Foi criada para servir como antídoto contra a peçonha das serpentes que estavam picando o povo, e Jesus afirmou que seria levantado no madeiro como àquela serpente, para que todo aquele que nele crê, seja salvo.

"Mas, por que é de bronze? Porque o bronze tem um simbolismo. Todo pecado só perde o efeito definitivamente com o golpe definitivo da lança ferindo o lado de Jesus, confirmando que ele morreu e seu sangue foi derramado, e a água jorrou com o sangue. Toda sua vida foi dada para nos salvar da peçonha, o pecado, da serpente. Com seu lado perfurado pela lança, definitivamente estava comprovado que ele morreu e, mais ainda, a lança fixou o seu corpo para sempre, como é a cunha que fixa o cabo do martelo. De sorte que ele carrega em seu corpo o poder das marcas, como prova de que morreu. Olhe para o martelo e veja como esta cunha de bronze logo é vista, e se destaca como uma marca visível, uma cicatriz que prova que foi ferido por uma lança!

"Vejam quanto simbolismo se agrega a este martelo! Eu quero mostrar que este cabo é um símbolo do corpo, porque é no corpo que ele veio, e isto é o testemunho: o verbo se fez carne. Quando o martelo era só o verbo, ele não tinha este corpo. Depois que se fez carne e morreu, ressuscitou com o corpo e suas marcas, inclusive da lança que furou seu lado. Isso mostra que a força do pecado foi neutralizada para todos que olharem para ele, como os que olhavam para a serpente de bronze que Moisés levantou.

"Ao passo que aquelas serpentes que picavam o povo eram vivas e injetavam sua peçonha mortal, e representam as potestades malignas e o pecado, a serpente de bronze era morta; mas ao olharem para ela, recebiam vida. Assim também, só com o cordeiro morto na cruz, os efeitos do pecado são anulados. Era um gesto simples e não importava quanto veneno havia sido injetado nem quanto tempo transcorrido, se ainda podia olhar, seria imediatamente imunizado da mordedura. Isso mostra que, do mesmo modo seremos imunes ao pecado ao olharmos para o martelo, o verbo encarnado, o cordeiro de Deus que tira a peçonha, o pecado do mundo. Desfazendo, assim, as inimizades, as obras das potestades malignas; foi para isso que Cristo morreu, para desfazer as obras, as mordeduras, do maligno e seus anjos."

JM entendeu muito bem o significado do cordeiro e da cunha, mas estava querendo entender melhor sobre o simbolismo do cabo, o que de fato representa. Pediu que Labut explicasse melhor essa relação do corpo e a madeira do cabo, e Labut falou:

— No livro de muitos livros podemos encontrar muitos exemplos desta linguagem figurada, em que árvores são representações de pessoas. Jesus mesmo usou esta figura de linguagem em algumas ocasiões. Uma que gosto muito é quando Ele se compara ao madeiro verde, e diz que foi submetido às perseguições e sofrimentos. "*...Se ao madeiro verde fizeram isto, que não farão ao seco?...*"

— Eu confesso que não tenho uma compreensão clara desta fala de Jesus — falou Oscar Dez.

— Sua dúvida é sobre quem é o madeiro seco. Mas veja que Jesus se referia ao julgamento romano que estava sobre ele, madeiro verde, e que o mesmo julgamento viria sobre a nação que lhe rejeitou, preferindo antes livrar a Barrabás. Eles são o madeiro seco; isso também pode ser aplicado aos que não têm o espírito, árvores mortas, como são descritos por Judas em sua carta. Pedro também, em sua primeira carta, faz uma analogia semelhante em relação à glória do homem em seu corpo carnal, ou natural.

— Amigos, eu gostaria de falar o que entendi sobre a figura da serpente de bronze e o martelo que recebeu a cunha que sustenta o cabo — falou Celeste.

— Por favor, continue — respondeu Labut.

— Eu entendi que as serpentes atacaram os que provocaram ao Senhor, e que mesmo estes que provocaram, ao olharem para a serpente de bronze seriam curados do veneno. Assim, também, o martelo mostra que depois que a lança perfurou o lado do cordeiro, todos que olham para ele são salvos pela fé, como profetizou Isaías: "...Olhai para mim e sereis salvos, todos os moradores da Terra..."

"Eu aprendi dois pontos muito importantes: que apesar de terem sido salvos do Egito, os que desobedeceram, falando contra o senhor e contra Moisés, morreram no deserto, picados pelas serpentes; somente os que acreditaram, os que olharam para a serpente no madeiro, escaparam; e também aprendi que mesmo os que não pecaram enfrentaram o perigo das serpentes ardentes."

— O que você quer dizer com isso? — indagou Natanael.

— Quero dizer que nada está garantido até que tenhamos recebido um corpo como o de Cristo ressuscitado.

— Não me leve a mal, mas eu discordo completamente de você, e explico o porquê.

— Natanael, eu jamais levaria a mal sua sinceridade, mesmo que equivocada.

— Obrigado pelo gesto democrático, mas preciso defender minhas convicções. Fui educado numa doutrina que defende a predestinação, e fui instruído a crer num Deus absoluto, que tem o domínio de tudo, nada foge do seu domínio.

— Estou feliz em saber sobre essa sua base doutrinária — respondeu Celeste.

— Por que está feliz, se tem uma opinião contrária?

— É que não ligo para opinião, só me interessa a opinião do meu Pai. Que vale minha opinião? Aceito o que está dito pelo espírito.

— Então você concorda que não podemos perder a salvação?

— Não, eu concordo no que você falou sobre a soberania de Deus, seu poder absoluto. Pois, sendo ele divino, com estes atributos, não é sujeito a nenhuma regra da compreensão humana; todas as suas decisões são inquestionáveis. Se ele salvou um povo e depois destruiu os que não creram, e fez isso como figura e aviso, o que eu vou questionar? Lembra? "Servi ao Senhor de todo teu entendimento..." Dou graças a Ele, que isto não me custou todo meu entendimento; se desejar, podemos falar mais sobre este assunto.

Labut sugeriu que os amigos combinassem um horário para se reunirem e discutirem os temas que viriam sobre o martelo e também sobre o pergaminho.

— Por que está sugerindo isso? — indagou Oscar Dez.

— É que que já estamos reunidos desde cedo e podemos combinar um horário e até um local para discorrermos sobre outros assuntos.

— Você tem razão, um local e um horário para nos reunirmos seria muito bom.

Natanael ficou desejoso de uma réplica sobre a fala de Celeste, mas, com a proposta de Labut, considerou como uma oportunidade de ouvir sobre o pergaminho e de elaborar outros argumentos para melhor contrapor a Celeste. Então, sugeriu o auditório da empresa, usado para reuniões noturnas com a presença de todos.

— Para mim, pareceu uma ideia excelente — disse JM.

— Posso marcar para as dezenove horas? — perguntou Oscar Dez.

— Eu e a Jerusa levaremos um bom lanche — disse Celeste.

Jerusa confirmou, e Labut agradeceu a colaboração de todos.

JM e Celeste, com a atenção voltada para os assuntos ligados ao martelo, nem perceberam o tempo percorrido desde o almoço. Os amigos estavam de saída e Labut, antes de sair, combinou em retornar às seis da tarde para irem juntos à reunião. Então deram conta de que as horas haviam passado sem que percebessem. Depois que todos saíram, Jerusa também se despediu, prometendo voltar às seis com os salgados para o lanche que a Celeste prometeu. Celeste estava feliz com a visita de Labut, e a ideia de se reunirem no auditório da empresa seria uma nova interação para JM.

UMA VERDADE SEM FUNDAMENTO É IGUAL A UMA MENTIRA

"Eles te sustentarão em suas mãos, para que não tropeces com o teu pé em pedra."

Natanael e Oscar haviam acabado de organizar alguns assentos no auditório, bem à frente de um quadro para escritas, o qual JM muitas vezes havia usado nas palestras que fazia antes de sofrer o acidente. Naquele momento o avistaram chegando ao estacionamento e logo foram ao seu encontro.

— O que sente, meu amigo, ao retornar a este local? — perguntou Natanael.

— Gratidão — respondeu JM. — Eu nunca imaginei que voltaria a este lugar, muito menos nestas circunstâncias. Sinto-me um pouco nostálgico.

Ajudando Celeste e Jerusa pegarem do porta-malas uma caixa térmica, Labut comentava sobre a estrutura do auditório, e assim foram entrando e tomando assento. Era notável no rosto de JM um ar de felicidade, e Celeste não conseguia disfarçar a alegria de poder compartilhar aquele momento com amigos especiais, num ambiente tão significativo para eles falarem sobre o martelo e seus simbolismos.

Oscar Dez observou que todos estavam bem acomodados e pediu atenção para agradecer a presença deles. Também agradeceu a Natanael, que teve a ideia de sugerir o local e por ter ajudado a organizar os assentos.

— Agora nosso amigo JM pode presidir nossa reunião, com nosso convidado e amigo Labut — disse Oscar.

JM dirigiu-se até o quadro, e demonstrando naturalidade e intimidade, pegou o estojo com o apagador e as canetas. Ele escreveu:

"Sejam bem-vindos!"

— Eu precisava fazer isto para relembrar.

Sorrindo, passou a palavra para Labut. Voltou e sentou-se com o grupo.

Labut recebeu o estojo com as canetas e dirigiu-se ao quadro, e logo desenhou dois sapatos. Um ele pintou de azul, e o outro deixou em branco.

— Permitam-me contar uma pequena história sobre estes dois sapatos. Depois apresentarei uma ilustração que nos levará ao assunto que Natanael e Celeste começaram a expor na tarde de hoje. A história é sobre um casal que herdou uma grande propriedade, numa região distante e de difícil acesso. O casal teria que caminhar certa distância para chegar à grande casa, sede da propriedade.

"Aquele homem, sabendo das dificuldades que iriam enfrentar na viagem, pediu que sua esposa o acompanhasse até uma loja para comprarem sapatos adequados, pois ele sabia que o caminho não seria fácil, e seu problema de visão o tornaria ainda mais difícil. Sua esposa gentilmente o conduziu pela mão e logo chegaram à loja, onde foram atendidos por um vendedor gentil que os conduziu ao setor de maior variedade de modelos.

"'Qual modelo, e para que finalidade o casal deseja? Digo, é para caminhada ou algum evento mais casual?'

"'Caminhada, senhor. Nós teremos uma caminhada no campo', respondeu o esposo.

"O vendedor, percebendo sua dificuldade para enxergar, ofereceu-lhe ajuda, e ele agradeceu.

"'Senhor, temos este setor que é de calçados próprios para trilhas'. Falando essas palavras, conduzia a mão do cliente para que ele tocasse. 'Escolha com calma e diga-me o número que calça. Estarei à disposição'.

"'Peço licença, vou só mostrar o setor feminino à sua esposa'. Conduziu a senhora ao setor desejado e ela agradeceu. Ao voltar, aquele senhor falou que já havia escolhido o sapato, só queria que o vendedor conferisse o número e o conduzisse até o caixa.

"Com a mão sobre seu ombro o conduziu, e ficou junto a ele aguardando a senhora. Transcorrido alguns minutos, o senhor solicitou que o vendedor o conduzisse até sua esposa, pois esta já demorava.

"'Senhor, ela já está vindo', disse o vendedor.

"Ela chegou com um sorriso tímido, se desculpando, pegou na mão do esposo e passaram suas compras; o vendedor os agradeceu e eles saíram. Era o dia da viagem; eles estavam com toda atenção voltada para o que levariam e sempre com aquela sensação de esquecer algo, até que por fim botaram o pé na estrada.

"No segundo dia, eles finalmente chegaram às margens de uma floresta, de onde avistaram um rancho. Aquele era o último ponto acessível a um veículo, o trecho adiante só era possível seguir a pé naquela época do ano. Ali avistaram uma placa que, pelo aspecto, provava resistir o tempo, onde se podia ler: 'Bem-vindos ao Rancho da Consciência'. Decidiram fazer uma parada a mais, antes de entrarem na trilha que finalmente os levaria à propriedade. Havia um grupo de pessoas no rancho, eles se preparavam para enfrentar a trilha que os levaria ao outro lado da Floresta da Justiça, o nome que davam àquela floresta.

"Era o momento de usarem os sapatos que compraram. Aquele senhor calçou seu sapato e sorriu satisfeito, dizendo: 'Bem, que sapato confortável! Como ficou o seu?'

"Aquela senhora manteve um silêncio incômodo para os ouvidos de seu marido. 'O que houve, meu bem? Responda!', insistiu ele.

"'Não sei como me desculpar. Eram tantos modelos que fiquei confusa para escolher. Escolhi um sapato lindo, mas não conferi o número, e só agora percebo que não é possível calçar, meu pé não entra no sapato!'

"'Que pena, minha querida. Nesta trilha não é possível andar sem o calçado adequado. Com a minha pouca visão eu poderei andar, mas sem os calçados você não poderá. Para mim, o caminho estreito ajuda, no largo eu fico desorientado'.

"'Agora percebo que me distraí dando atenção a tantos modelos e cores; só agora vejo que isto foi meu erro', disse ela. Aquele casal não pôde evitar de ouvir o grupo que ali estava, e constataram que entre eles havia alguns que estavam com o mesmo problema."

Labut encerrou a história e fez uma pequena pausa.

— Obrigado pela atenção de vocês. Se alguém tiver algo para falar, fique à vontade.

— Queremos ouvir suas explicações do que esta história tem a ver com o diálogo que tive à tarde com a Celeste — falou Natanael.

— Muito bem, alguém mais quer dizer algo?

— Estamos de acordo com Natanael — disse Oscar.

Os outros confirmaram, e Labut levantou-se, indo outra vez ao quadro para prosseguir com sua ilustração.

— Tomemos este casal como exemplo. Digam-me, quais os pontos em comum podem apontar entre os dois personagens? E quais as diferenças? Vocês podem avaliar e comentar de acordo com o que acharem mais coerente.

JM fez sinal e Labut pediu que ele falasse o que entendeu.

— Antes de expor o que entendi, quero só saber se esta história contém princípios presentes no pergaminho? — perguntou JM.

— Sim, completamente — respondeu Labut.

JM se levantou e, desenhando no quadro, começou sua exposição:

— Vejamos o ponto central e comum da história: a proposta de tomarem posse da herança; as condições impostas; as atitudes e escolhas pessoais e as influências das linguagens. A meu ver, tudo corroborou para os resultados finais. Embora houvesse uma intenção comum, contudo, não houve uma mesma objetividade e firmeza de propósito no tempo oportuno concedido aos dois. A imprudência e distração puniu o culpado.

"Vejo que os fabricantes dos sapatos até fabricam todos os números e modelos possíveis, mas não respondem pela escolha do comprador. Embora exista o direito da troca, esta norma observa um prazo para tal. Portanto, convém ser cauteloso e vigilante, para não ser distraído e engodado pela ilusão que o desejo dos olhos impõe pela linguagem visual. Ver nem sempre é enxergar; ver o que preciso não é ver o que quero.

"A serpente explora a linguagem visual na padronização de valores no mundo, utilizando-a como ferramenta hipnotizadora e emuladora da luxúria no comércio das almas. Com o aspecto do estereótipo dará sugestões, e fará investida de induções e impressões; tentando sempre me convencer a priorizar e querer o que eu não preciso.

"Tentará iludir com as imagens do poder, da honra e da glória, de um reino que só me calça para caminhar aqui neste lado da floresta, mas não me leva além da floresta onde está minha herança eterna. Se eu escolher pela aparência, poderei chegar ao Rancho da Consciência, nunca à casa da minha herança. O problema é que, no Rancho da Consciência, eu só experimento o juízo das escolhas erradas que fiz pela ilusão da miragem hipnótica.

"Quanto menos eu vejo deste mundo o que posso querer, mais eu enxergo o que de fato dele não preciso; o que preciso de um mundo que nem sempre quero pelo que vejo, mas pelo que enxergo; apalpando de olhos fechados, sinto com fé e confiança de não ser distraído pelo colorido que já é crepuscular, de um color-ido, que de tanto ido ser, me desponta um colorido alvorecer da aurora que se fará um dia sem fim. Isso só é possível aos que receberam a revelação destinada aos pequeninos e aos que não veem pelos seus próprios olhares do querer, mas do que de fato precisam.

"Assim, eu vejo que o problema não é a falta de sapatos, e sim o querer olhando de quem escolhe, ou de quem já olha querendo. Dependendo de quem escolhe, o simples pode se tornar complexo. Até um evangelho de pequeninos pode se tornar incompreensível a grandes, sábios e entendidos. A prova está na história. Vemos que depois do primeiro século é que surgem os questionamentos filosóficos e disputas complexas nos sucessivos concílios, cujos resultados foram mil anos de trevas com torturas da inquisição, e fogueiras queimando em nome de um 'Jesus' dos poderosos.

"Depois criaram outro 'Jesus' mais poderoso e libertário, porém não menos sectário, nem menos politizado. Este, agora, por ser mais individual, é também mais seletivo; seleciona antes mesmo de o indivíduo nascer, posto que a escolha seja antes mesmo da fundação do mundo. E para garantir, é lógico, escolheu a priori, cabeças brilhantes que superam até o próprio Paulo. O que Paulo não conseguiu no primeiro século, eles explicam com pungência a partir do século quinze. Fabricam e vendem sapatos de números sem padrões, de cores e modelos variados, mas não garantem a paz do evangelho.

"Só no Rancho da Consciência será revelada a inutilidade de um evangelho conciliado e adequado nos concílios e nas reformas; que de tantos concílios, já está com cílios dentro e fora dos olhos; que de tanto reformar, também perdeu até a fôrma e já nem se sabe mais se o uso da forma for-bem ou for-má. Só se sabe que há verdade fora do fundamento. E 'uma verdade sem fundamento é igual a uma mentira.' Quando o fundamento é o dos profetas e dos apóstolos, tudo continua no lugar. Agora temos não os apóstolos, mas os após-tolos. Sempre terão muitos seguindo os após-tolos.

"Aqueles que aprendem sempre, e nunca alcançam a verdade. Só aprendem a repetir: '*...está escrito...*' Embora não esteja dito nem dizendo. Esta fórmula foi usada no monte da tentação e se repete até hoje. E, para não tomar mais tempo, vou deixar Labut falar sobre sua história, que certamente nos renderá muita discussão sobre estes temas. Sei que todos vocês também querem comentar alguma coisa."

Natanael ouviu os comentários, mas não reagiu, embora se percebesse uma expressão de quem tinha sido provocado. Labut agradeceu o comentário de JM e acrescentou:

— O que acabamos de ouvir resume parte do que eu ia falar, e isso me deixou apenas algumas observações, a fim de mostrar alguns pontos que estão intrinsecamente ligados com o assunto de Celeste e Natanael. Creio que, no mais, já ficou claro.

"Quero só apontar os fatos que ilustram a providência de Deus, quando nos trouxe o evangelho na plenitude dos tempos, mesmo que este já estivesse pronto antes da existência do pecador, mas que só agora se revelou. Deus preparou o sapato e o caminho, antes de criar o homem, para o qual tais coisas foram preparadas. Como bem sabemos, os astros sol e lua foram criados para servir de marcadores referenciais do tempo na existência da vida na Terra. Para contagem de dias, meses e anos.

"Toda natureza terrena está condicionada a ser regida por esta lei da temporalidade existencial, e presa ao estado de finitude das coisas perecíveis com o tempo. Tudo carrega em si a corruptibilidade da transitoriedade do ser aparente. De sorte que o que se vê é fruto do que se não vê; e o grande é resultado do que é pequeno; e o que pela percepção do que é aparente é julgado como não existir, é de fato o existir em si. Por isso, quero dizer que as nossas escolhas nos condicionam.

"Contei a história do casal escolhendo sapato só para mostrar a influência a que a natureza está submetida, e o quanto isso revela que somos condicionados aos limites naturais a que somos submetidos depois da queda. Sei que Natanael pode compreender perfeitamente que o evangelho é uma proposta de escolha sugerida aos homens, como aquele casal teve com os sapatos; a multiplicidade de condicionalidades dos indivíduos conduzirá a escolhas, e estas, a resultados."

Labut parecia empolgado para continuar com seu raciocínio, quando foi interrompido por Jerusa.

— Posso sugerir uma escolha?

— Sim. O que você quer sugerir?

— Uma pausa para um lanche. Na sequência queremos ouvi-lo sobre o pergaminho.

— Muito apropriada sua sugestão. Então vamos fazer uma pausa e em seguida falaremos sobre os temas contidos nos pergaminhos.

Enquanto Labut dirigiu-se para sentar-se junto a Oscar, Jerusa pediu que Natanael lhe ajudasse com uma pequena mesa, colocando-a junto a eles e ali serviu o lanche. Celeste estava em silêncio, mas não escondia a alegria de estarem reunidos. Oscar estivera ouvindo os comentários com atenção, e aproveitando a hora do lanche, com seu jeito direto de falar, perguntou a Labut:

— Quando vai nos mostrar o pergaminho?

— Boa pergunta. Será nosso próximo assunto.

A ABERTURA DO PRIMEIRO PERGAMINHO

Labut colocou a caixa sobre a mesa e, abrindo-a, pegou um pequeno pergaminho. Voltando ao seu assento, finalmente começou a desatar a fita escarlate que mantinha o rolo fechado.

— Meus amigos, este pergaminho está sendo aberto depois de muitos anos. Agora chegou o tempo de fazer sua leitura e revelar seus ensinos. Nele está o estatuto e a tradição do Martelo; a leitura trará o conhecimento da verdade sobre o martelo e sua obra para salvar o homem caído.

Então começou a leitura:

"Este é o pergaminho contendo os oráculos e estatutos referentes ao Martelo de Labut V de Éfaj. Registro da bênção da promessa ministrada por Noé a seus filhos Sem e Jafé, coparticipantes da herança dos santos na luz, reafirmando a promessa feita no dia que Adão se afastou. Deus o acolheu com a promessa da redenção, e o vestiu a nudez com pele, para demonstração de sua graça provedora.

Pela tradição do martelo, fica decretado que todo homem, segundo Adão, morre, e também decretado que em Adão todos têm promessa de vida na semente da mulher, o Cordeiro, o Martelo que edifica em nós uma nova casa.

Fica revelado para todo homem que vem ao mundo, que a graça se manifestou trazendo salvação a todos, e que eles têm acesso pela fé a esta graça.

Fica manifesto que todo aquele que não crê já está condenado, e que todo que crê não será condenado, pois será feito filho de Deus, pois são nascidos dele.

Fica também confirmado que nenhum homem se apodere, ou sinta-se superior a seu irmão por nenhuma hierarquia, nem tome para si outro senhor além do Cristo.

Que amem com os sentimentos e externem com palavras, e sobretudo, em obra e em verdade.

Que cada um saiba partilhar a vida e o bem recebido.

Que todo filho honre pai e mãe.

Que toda oração seja dirigida a Deus, em nome de Jesus.

Que tudo na natureza havendo vida, seja preservado inalterável como veio a existir.

Que use do mundo, sem dele abusar.

Que não pague o mal com mal.

Que vivam a misericórdia, a justiça e a fé, com uma viva esperança.

Que lance fora todo medo, e com toda confiança libere o perdão.

Que exerça a gratidão por tudo na vida.

Que despreze todo orgulho, arrogância e presunção.

Que valorize o trabalho seu e do próximo.

Que façais aos outros o bem que deseja para si.

Que todo humano siga o amor a Deus e ao próximo, nos moldes de Cristo; ficando todos os mandamentos resumidos nestes últimos."

— Assim, Labut findou a leitura do pergaminho e acrescentou:

— Meus caros amigos! Esses princípios apontam o caminho do cordeiro representado no martelo. Antes que encerre minha fala nesta noite, gostaria de recomendar, como dever de casa, a leitura do evangelho, segundo João, a fim de uma melhor compreensão da natureza do verbo encarnado; o martelo que edifica em nós, para si, uma casa para morada de Deus em Espírito. Para que não nos cansemos juntos, sugiro que encerremos por hoje nossa reunião.

JM agradeceu a gentileza de Labut em ter apresentado o pergaminho e por ter sugerido a leitura de João como dever de casa.

Logo eles se cumprimentaram e foram todos solidários com Labut. Estavam todos de acordo que deveriam reunir-se em breve, a fim de compartilharem mais conhecimento. Acompanharam JM e Celeste até o estacionamento. Labut pediu que JM levasse a caixa com o martelo, pois não queria se arriscar conduzindo algo tão importante naquele horário. Em seguida, voltaram para fechar o auditório. Labut insistiu em chamar um transporte pelo aplicativo. Ele brincou, dizendo que é adepto da tecnologia a favor do homem, principalmente do homem de meia-idade. Em seguida, Natanael e Oscar foram levar Jerusa, que aceitou uma carona, pois os dois moravam mais próximos de sua casa.

A OBRA DO MARTELO

"...A obra de Deus é esta: que creiais naquele que ele enviou..." (João)

Ao chegar em casa, JM colocou a caixa com o martelo sobre a escrivaninha e foi logo tomar um banho para aliviar o calor que fazia naquela noite. Enquanto se refrescava, os pensamentos subiam à cabeça e o desejo de ler o relato de João sobre o martelo que esmiúça a penha, mas que também se encarna para construir um novo templo. Com suas habilidades e ritmo de leitura, logo concluiu o livro e ainda fez algumas anotações pontuais em referência ao martelo.

Juntou as anotações e, após conferi-las, se recolheu em seu quarto e procurou relaxar. Seus pensamentos foram ficando distantes e logo percebeu que algo incomum estava acontecendo com seu corpo. Como se estivesse perdendo a densidade e mergulhando para dentro de si mesmo. Com a lucidez, e a plena certeza de estar acordado, sentia o coração bater, e o sangue fibrilar nas veias, até mesmo nas mais finas terminações onde seu plasma podia circular.

Suavemente aquela sensação foi intensificando-se, logo seu corpo já não podia ser sentido como antes, e por mais que se esforçasse para fechar os olhos, não evitava ver o clarão em que se encontrava envolvido. Sentia-se dentro de si, em todas as partes que seu sangue permeava o corpo. Sentia-se leve como se houvesse sido transformado numa matéria de densidade gasosa florescente.

Estando tomado por essa visão, ouviu uma voz que parecia falar dentro dele, e ao mesmo tempo ele sentia-se dentro da voz; totalmente envolvido, como se submerso nela. Sem som algum, ouvia ser dito o significado do existir e ser no agora da consciência atemporal. Sentiu-se absorvido por um diálogo, cuja linguagem se dava na total ausência de som, ou qualquer construção fonética. Ele apenas sabia que estava tendo uma experiência singular do significado da real consciência do absoluto.

Nele a voz dizia tudo como se os sentidos experimentassem todas as sensações ao mesmo tempo. O que sua mente pensava, seus olhos, ouvidos e olfato sentiam e experimentavam simultaneamente. E a voz dizia nele mesmo: "Eu sou a voz, o verbo; eu sou a palavra, espírito e a vida; eu sou a luz; eu sou o pão e a água; eu sou a porta e o Caminho; eu sou a ressurreição; eu sou o bom pastor; eu sou a videira; eu sou rei." Então JM entendeu que essas palavras eram aquelas que ele leu em João e anotou para conferir o significado com o simbolismo do martelo.

Ainda pensando no que leu no relato de João acerca da obra que o martelo consumou manifestando a luz da glória entre os homens, e como deu poder de serem feitos filhos pelo espírito do filho unigênito, fazendo-os nascer de Deus, compreendeu tudo que estava vivenciando. Sentia o significado de estar na palavra e a palavra estar nele; tu em mim e eu neles. Um em unidade.

Tudo que JM leu estava nele impregnado e se manifestando como se estivesse presente em cada cena descrita por João. Tinha as cores e sentia cheiros dos lugares e em alguns instantes sentia a temperatura do ambiente. Entendeu que a obra do pai é juntamente com o filho, no simbolismo do martelo; através do novo nascimento mostrado a Nicodemos, e sendo feito compreensível à Samaritana, como um estado livre do conceito geográfico de montes ou templos; onde o espírito é morada constante do pai e o pai é morada eterna do espírito. Um lugar de todos os lugares, e onde tudo está em todos, e todos os lugares reunidos em um só, desfrutam simultaneamente a realidade de existir em liberdade eterna; presente em tudo e em todos. Pois tudo foi feito dele, por ele, e para ele, eternamente.

JM estava vivenciando uma experiência singular de suas capacidades sinestésicas. Tudo havia se manifestado no seu repouso noturno, com uma intensidade que transcendia toda sua compreensão adquirida nos anos de estudos dos fenômenos neuropsíquicos. Seus conhecimentos apenas provavam o desconhecimento de uma matéria em estudo, que, mesmo tida como ciência, ainda é incapaz de dar todas as respostas que a mente humana continuará buscando.

Enquanto JM viajava naquele ambiente dos "sonhos", avistava ruas estreitas calçadas com pedras irregulares e ouvia uma multidão gritando: "Crucifica-o! Crucifica-o!" Outros gritavam: "Queremos Barrabás! Solte-o!" Em meio ao alvoroço, ouviu a voz de Celeste chamando:

— Bem! Levanta pra ir à padaria! Vai comprar uns bolinhos enquanto faço o café!

Ele acordou e, ainda meio distante, perguntou:

— Qual estribaria tenho que ir?

— Eu falei padaria!

— Ah, tá! Já estou indo.

— Acho que você estava sonhando.

Naquela manhã, enquanto tomavam café, JM perguntou a Celeste sobre a leitura de João e o que encontrou em relação à obra do martelo.

— Até onde li, encontrei muitas coisas — disse Celeste.

— Muitas? Isso é ótimo! Mas não leu todo livro?

— Não. Não leio igual a você, lembra? Mas vou finalizar.

— Sim, entendo. Estive pensando se seria bom ligarmos para Jerusa e combinar uma reunião para hoje à noite. Você combina com ela, que eu cuido de convencer os outros. Já vou ligar para Labut. O Natanael e o Oscar virão com certeza.

— Posso saber o porquê da pressa?

— Tenho muito a dizer, depois da leitura de ontem.

— Então vamos cuidar de reunir esse povo ainda hoje.

UMA REUNIÃO REVELADORA

Às seis da tarde o telefone tocou e JM atendeu. Era Jerusa informando que estavam todos no auditório esperando que ele chegasse com Celeste. De imediato saíram e logo chegaram à empresa.

— Olá, meus amigos! Acho que vocês estão adiantados — disse JM.

Todos se cumprimentaram e tomaram assento no auditório.

JM agradeceu a presença dos amigos e pediu licença para iniciar a reunião, com um breve comentário acerca de suas experiências durante as pesquisas e sua leitura de João, indicada por Labut, como dever de casa.

— Espero que todos tenham concluído a leitura com máximo de proveito! — exclamou Labut. — Tenho certeza de que o fizeram. Certamente tiveram muitas revelações acerca do martelo e sua obra.

— Quais foram as suas?! — quis saber Natanael.

— Muitas, meu amigo! Muitas. Como vocês sabem, desde quando encontrei Natanael, dei início a uma pesquisa sobre uma ideia aparentemente de pouca relevância. Inicialmente era apenas uma ideia, mas logo me vi lidando com uma teoria.

"Depois do acidente, eu abracei as pesquisas como uma causa real que não poderia provar aos outros, nem negar para mim. Agora estou aqui com pessoas que entendem o que eu entendo, e estão comprometidas com uma pesquisa que era apenas uma ideia. A leitura de João confirma o que Labut nos contou da obra do martelo. Quero passar a palavra, para ele nos dizer algo a mais desta obra."

Labut, tomando posição no auditório, iniciou sua fala:

— Esperei muito por este dia! Não imaginei que seria assim, simples, diante de poucas pessoas. Mas a obra do martelo sempre se inicia sem aparência. Como é dito no pergaminho: tudo ficou condicionado conforme a promessa proposta; que para restaurar todas as coisas, Deus preparou de antemão, que seu filho se manifestasse, nascido de mulher, conforme a promessa. Sendo que haveria de reconciliar o mundo com a manifestação da graça, conforme a promessa que se alcança pela fé no evangelho. E este evangelho foi anunciado a Abraão. Ora, Abraão ouviu e creu, por isso foi justificado. Contudo, Abraão foi justificado porque creu no chamado conforme a promessa do evangelho da graça que é pela fé; mas, se é de graça mediante a fé no que chama pela promessa, segue-se que, também, a obra é feita por quem promete e chama.

"E se ele chama, chama a todos, para crer na obra que ele realizou. E se já está feito, e se cremos no que fez a obra, consentimos em fazer a obra do pai que o enviou a fazer. Quando cremos no que fez a obra, concluímos o propósito para o qual foi enviado. Assim é recebido o espírito de seu filho, pelo qual nos tornamos coerdeiro do reino, conforme a promessa. Esta é a obra que é simbolizada no martelo, e esta é a mensagem que deve ser anunciada a todos os homens que vêm ao mundo.

"Tudo está dito no que João escreveu da obra do martelo. Pois de escravos do pecado, ele nos fez filhos libertos; de filhos da ira, para filhos do seu amor; transportou-nos do reino das trevas, para a luz bendita do seu reino. Ele nos libertou da mentira, para a luz da verdade do evangelho; desfazendo as inimizades, nos reconciliou e nos deu a paz; Curou nossa cegueira e nos fez ver a sua glória; criou em nós a fé e nos deu esperança. Na cruz, sob o golpe da lança, Ele triunfou sobre a lei que era contra nós nas suas ordenanças, tirando do meio de nós, triunfou contra os principados e potestades, julgando o príncipe deste mundo; desceu ao inferno e pregou aos mortos o evangelho da graça; vencendo a morte, ressuscitou ao terceiro dia e foi triunfante ao pai, recebeu todo poder no céu e na terra, e assentou à destra do pai nas alturas. Como disse João: 'o mundo não caberia os livros das obras que ele realizou.' Tenho muitas coisas para revelar a todos vocês ainda hoje, mas passo a palavra para JM. E no final, falarei."

— Alguém gostaria de falar algo? — perguntou JM.

— Todos temos muito o que falar, mas antes que você e a Celeste chegassem, estivemos compartilhando nossas experiências e combinamos em unanimidade que Labut e você teriam todo tempo. Talvez Celeste tenha algo a dizer — concluiu Jerusa.

— Estou de acordo com vocês, a palavra está com JM.

— Então quero falar de algumas conclusões que obtive nestes últimos dias desde minha primeira experiência sinestésica depois da cirurgia.

"Quero que vocês gravem o que puderem desta minha fala, pois vou procurar ser breve no que pretendo passar de minha compreensão sobre o ponto de vista da minha opinião psicológica, dentro da minha leitura resumida do ambiente existencial do ser humano em toda sua história no seu ambiente. O ponto divergente da satisfação e a angústia de existir sem a plenitude do prazer pessoal. Então, sem mais demora, vamos à minha fala."

O ENCONTRO COM A REALIDADE

— Separado de Cristo, ninguém ama ou será amado por completo. Não há quem nasça neste mundo para ser amado em absoluto. Entra-se neste mundo chorando. Até o Cristo entrou para sofrer e morrer; isto só aconteceu porque ele entrou como homem, filho do homem. Todos que vêm ao mundo entram nesta condição. É uma sentença que o pecado e a morte impõem sem distinção à natureza. Pois toda natureza geme.

"O maior engano que cometemos é imaginar que uma hora as coisas vão ficar de um modo perfeito e será tudo mais fácil. Isto nunca foi e nunca será real na nossa jornada aqui. O melhor a fazer é inverter certos conceitos milenares que no geral encontramos ao longo da vida. São conceitos plantados em nós, que aprendemos como sendo bons e corretos, mas que na verdade não o são. E isso se deve a muitos fatores.

"Heranças culturais, tradições, costumes e crenças; todas essas coisas contribuem para formação de conceitos sobre as mais diversificadas áreas das experiências humanas. Dentro do nosso universo existencial, todas as impressões a que somos submetidos são camadas de produtos gerados por múltiplas experiências; cargas produzidas por ideias impostas e inconscientes impessoais, muitos destes são subprodutos de equívocos de muitas gerações e culturas.

"O processo de desconstrução de conceitos falsos é mais difícil em indivíduos com maior apego religioso. Quando a espiritualidade é mais acentuada, os conceitos perdem força e se tornam de menor relevância. Temos bons exemplos nos escritos do novo testamento, que nos mostra a supervalorização dos conceitos por parte dos judeus. Foram muitos séculos de convívio com várias culturas até a chegada do messias. O ambiente estava carregado de muitas propostas em todos os sentidos. Havia crenças e conceitos sociais. Uma mistura de tradições, crenças religiosas e ideologia político-partidária. Isto lhes cegou a ponto de rejeitarem o salvador. Trocaram Jesus por Barrabás.

"Isso serve para nos mostrar as formas que nos acometem no presente, que são pacotes de conglomerados das propostas impositivas, quase que irresistíveis na maioria dos casos. O modo que a nuvem nos envolve é massivamente escravizadora. Tomando outro exemplo, veremos o esforço que outrora se fazia para ter acesso a certos conteúdos, quando hoje se emprega o dobro desse esforço na tentativa de evitá-los.

"Os viés ditatoriais de conceitos e opiniões postulam a construção de uma rede com urdidura de fios tecidos em camadas sobrepostas simultaneamente, voltadas aos anseios existenciais. Esse fluxo, quando ingerido, como glutonaria forçada, causa indigestão, e sobretudo a desconstrução dos patrimônios hereditários do ser integral. Somente ativando a consciência pelo poder do evangelho é que nos despojamos do lixo cultural da mentira herdada. Isso nos mostra o trabalho constante que teremos de demolir e construir. Destruir fortalezas, resistências, e construir templos santos com pedras vivas.

"Estou convicto de que os problemas existenciais da nossa geração não serão solucionados com antídotos fabricados pela ciência, nem pela religião. Só há um antídoto para arrancar a angústia que leva milhares ao suicídio. A realidade terá que ser encarada, do contrário, não haverá cura para o paciente moribundo. E que realidade é esta? O que acabo de descrever como exemplo. Quais conceitos estão sendo formados em nós? Somos capazes de identificá-los?

"Somos atravessados o tempo todo por ondas invisíveis que transportam um universo de sons, imagens, informações e mensagens ininterruptas de todos os formatos que o homem é capaz de produzir. Todas essas ondas agem como potestades fabricadas pala ciência como produção humana. Mas esta produção de potestades do ar opera no inconsciente das massas como uma rede de aranha que prende o inseto e não permitirá que se solte até que seja sugada toda energia da vida.

"Pergunte a si mesmo, quem você conhece com capacidade de autoafirmar-se como indivíduo pessoa? Não serão muitos. No geral, as pessoas vestem o que a moda do momento ditou. Comportam-se como a moda do momento indica ser correto. Este fenômeno acontece de modo impositivo, pelas potestades do ar que opera nos filhos da desobediência. Porque são elas, as potestades do ar, que ditam as regras do comportamento pelos conceitos que elas criam.

"Escravos das potestades buscam agradar, ser afirmados pelos olhos alheios; buscam confirmação e reconhecimento de sua existência pelos que lhes observam. Já não são capazes de se autodetectarem como seres existentes. Dependem de alguém que os faça sentirem como alguém. Sem esta aprovação externa a angústia os sucumbe ferozmente. Precisa postar para o mundo o que sente, o que pensa, o que usa no momento, o que come, o que bebe, onde está, o que faz etc. Os momentos seguintes a cada ação são de expectativas se alguém vai curtir, e depois poderá ser de angústia. Isso é real.

"Como vencer este principado que já domina a maioria da humanidade? Aceitando o que falei antes. Rejeitando o autoengano da falsa esperança de um mundo amável e bonzinho, com pessoas perfeitas lhe amando e sendo gentis com você. Seja consciente de sua própria existência em um mundo caído e seja responsável por isso. Perceba o mundo, e ele te perceberá. Olhe para Cristo; veja-o com toda capacidade dos teus olhos; escute-o com a capacidade dos teus ouvidos; entenda-o com toda tua mente; sinta-o de todo teu coração e na tua alma, e sirva-o com todas as tuas forças. Siga-o.

"Na certeza de que o empilhamento de iniquidades sobre três ou quatro gerações pode ser quebrado pelo martelo da graça, sobrepondo bênçãos de até mil gerações dos que escolhem amar a verdade e a misericórdia, entesourando vida abençoada para sua posteridade. Sem a obra do martelo, o homem continuará sem paz e sem respostas que o libertem da angústia do existir sem ser o que procura ser. Tudo está dito pela obra que foi consumada. Obrigado a todos pela atenção. Passo a palavra para Labut."

A REVELAÇÃO DE LABUT

Estavam refletindo sobre a palavra de JM e fazia um silêncio quase absoluto. A voz de Labut foi proferida um pouco baixa, mas audível devido ao silêncio:

— Tenho que dizer. Amigos, tenho que revelar algo que certamente lhes deixará muito surpresos, mas tenho que revelar um segredo que guardo há anos. Sou um homem reservado, e por isso sou livre para andar pelas ruas sem preocupações com segurança pessoal. Mantenho-me no anonimato por alguns anos e com um projeto que criei para manter a tradição do martelo.

"Espero a colaboração de todos vocês, pois acredito na integridade de cada um. Mesmo que vocês não saibam muito a meu respeito, eu sei sobre vocês. Eu gostaria que vocês me falassem o nome do fundador desta empresa EU. Quantas reuniões tiveram com ele? Neste momento não sabiam o que responder, pois de fato não faziam ideia de quem era o dono da empresa em que trabalhavam. Vejam como vocês são dignos de confiança, pois prestam serviços e cuidam do patrimônio de uma empresa cujo dono sequer conhecem.

"Todos vocês são dignos de honra pelo modo ético e honesto que demonstram ter. A postura e o caráter de todos vocês me colocam numa situação de grande honra e gratidão."

— Senhor! Por que diz isso? — perguntou Celeste.

— Porque seu esposo e os demais cuidam da minha empresa como se fosse um patrimônio pessoal deles. Essa postura é o que me faz estar aqui com vocês e, mais que isto, me deixa convencido de que o meu projeto está dando certo como imaginei.

"Em outro momento falarei com detalhes sobre meu projeto. Agora pretendo apenas falar que idealizei a Engenharia Universo com intenção de amparar famílias por meio de um emprego, e através da orientação psicológica encaminhar indivíduos para uma vida saudável, e por fim uma consciência dos princípios que João escreveu sobre o martelo. Mas cada etapa no momento certo. Agora tenho vocês, e desejo convidá-los para fazer parte desta nova etapa.

"Gostaria que JM recebesse esta caixa com o martelo, como símbolo do meu reconhecimento pelo trabalho e pelo papel desempenhado, em fazer que todos nós nos reuníssemos em comum propósito para levarmos essa mensagem do martelo de Labut V de Éfaj. A partir de hoje você será o guardião do martelo com a lança e o pergaminho.

Enquanto todos aplaudiam, JM recebia a caixa com o martelo. Celeste não segurou as lágrimas de tanta emoção que sentia em ver aquela cena. Sua amiga Jerusa lhe abraçou com carinho fraterno dizendo:

— Esta surpresa nós aprontamos para vocês!

Natanael e Oscar abraçaram JM e deram boas-vindas à empresa. Ele, ainda sem entender o que estava acontecendo, fitou Labut, que continuou a falar:

— Amigo, tem mais surpresa.

A luz se apagou e iniciou-se uma contagem regressiva começando em seis, e quando disseram um, a luz acendeu, e lá estavam os funcionários da empresa gritando "Bem-vindo!" e batendo palmas.

Depois de tantas surpresas e celebrações, JM chamou a atenção de todos e agradeceu:

— Pessoal! Quero agradecer o carinho e dizer que amanhã estaremos juntos! Já é um pouco tarde e amanhã não é feriado.

Todos foram saindo do auditório. Labut, Natanael, Oscar e Jerusa acompanharam JM e Celeste até o estacionamento. Ali se despediram, combinando de se encontrarem no dia seguinte. JM colocou a caixa com o martelo no banco traseiro e logo manobrou o carro e saiu.

Ao chegar em casa, como de costume, JM foi tomar um banho frio e logo voltou até a sala onde havia deixado a caixa com o martelo sobre mesa. Enquanto se dirigia à estante para guardar a caixa, lhe veio um desejo de abri-la e dar uma olhada nos objetos. Abrindo a caixa e vendo tudo ali diante dele, não resistiu e, com cuidado, colocou o pergaminho de lado. Em seguida retirou o martelo e a lança. Segurando os dois objetos e pensando no quanto desejou entender os seus significados, foi logo tendo a sensação de ser puxado para outra visão e, assustado, colocou tudo de volta na caixa. Em seguida a guardou e pensou: "Isto não é algo para ser visto agora, isto é assunto para outra história".